um Teto TODO SEU

Título original: *A Room of One's Own*

Direção Editorial *Ethel Santaella*

REALIZAÇÃO

GrandeUrsa Comunicação

Direção *Denise Gianoglio*
Tradução *Adriana Buzzetti*
Revisão *Diego Cardoso*
Capa, Projeto Gráfico e
Diagramação *Idée Arte e Comunicação*

Dados Internacionais de Catalogação na Publicação (CIP)
(Câmara Brasileira do Livro, SP, Brasil)

Woolf, Virginia, 1882-1941
Um teto todo seu / Virginia Woolf ; tradução
Adriana Buzzetti. -- 1. ed. -- São Paulo : Lafonte,
2020.

Título original: A room of one's own
ISBN 978-65-5870-033-3

1. Escritoras inglesas 2. Ficção inglesa -
História e crítica 3. Mulheres - Condições sociais
4. Mulheres - Grã-Bretanha I. Título.

20-47666 CDD-824

Índices para catálogo sistemático:

1. Ensaios : Literatura inglesa 824

Editora Lafonte

Av. Profª Ida Kolb, 551, Casa Verde, CEP 02518-000, São Paulo-SP, Brasil – Tel.: (+55) 11 3855-2100
Atendimento ao leitor (+55) 11 3855-2216 / 11 3855-2213 – atendimento@editoralafonte.com.br
Venda de livros avulsos (+55) 11 3855-2216 – vendas@editoralafonte.com.br
Venda de livros no atacado (+55) 11 3855-2275 – atacado@escala.com.br

VIRGINIA WOOLF

um Teto TODO SEU

Tradução
Adriana Buzzetti

Brasil, 2020

Lafonte

SUMÁRIO

[*Este ensaio tem por base dois artigos lidos para Arts Society, do Newnham College, e para a ODTAA Society, do Girton College, em outubro de 1928. Os artigos eram demasiados longos para serem lidos na íntegra, e foram, desde então, alterados e expandidos.]

UM

Mas, vocês podem dizer, pedimos que você falasse sobre mulheres e ficção – o que isso tem a ver com um teto todo seu? Tentarei explicar. Quando vocês me pediram para eu falar sobre mulheres e ficção me sentei às margens de um rio e comecei a imaginar o que as palavras significavam. Elas podem simplesmente dizer respeito a umas poucas considerações sobre Fanny Burney, outras sobre Jane Austen; um tributo às Brontës e um desenho do Haworth Parsonage[1] embaixo de neve; alguns gracejos, se possível sobre a senhorita Mitford; uma respeitável alusão a George Eliot; uma referência à senhora Gaskell, e se teria cumprido a tarefa. Mas a uma segunda vista, as palavras não parecem tão simples. O título "Mulheres e Ficção" pode significar, e pode ser que era isso que vocês desejavam, as mulheres e como elas são, ou poderia significar as mulheres e a ficção que elas escrevem, ou poderia significar as mulheres e a ficção que se

1 Brontë Parsonage Museum, museu das irmãs Brontë (Anne, Charlotte e Emily), que fica na vila de Haworth, no norte da Inglaterra. (N. da T.)

escreve sobre elas, ou poderia significar que de alguma forma todas as opções estão inextricavelmente misturadas e que vocês queiram considerá-las sob essa perspectiva. Mas quando comecei a considerar o assunto sob essa ótica, que pareceu a mais interessante, logo percebi que havia um empecilho fatal. Eu nunca conseguiria chegar a uma conclusão. Eu nunca seria capaz de cumprir, conforme eu entendo, a obrigação primordial de uma palestrante após um discurso de uma hora que é entregar uma porção de pura verdade para ser embalada em meio às páginas de seus cadernos e com isso mantê-la em exposição sobre a lareira para sempre. Tudo o que eu podia fazer era oferecer a vocês uma opinião sobre uma questão menor – uma mulher deve ter dinheiro e um teto todo dela se ela se dispõe a escrever ficção; e isso, como vocês verão, deixa sem solução o grande problema da verdadeira natureza da mulher e a verdadeira natureza da ficção. Eu fugi da obrigação de chegar a uma conclusão sobre essas duas questões – mulheres e ficção permanecem, até onde eu sei, problemas não resolvidos. Mas, a fim de conduzir alguns reparos, farei o possível para mostrar como cheguei a essa opinião sobre o teto e o dinheiro. Desenvolverei na presença de vocês, tão completa e livremente quanto eu puder, a corrente de pensamentos que me levou a raciocinar assim. Talvez, se eu expuser as ideias, os preconceitos que jazem por trás dessa afirmação, vocês descobrirão que eles têm alguma influência sobre as mulheres e sobre a ficção. De qualquer forma, quando um assunto é altamente controverso – e qualquer questão relacionada a sexo é – não se pode esperar dizer a verdade. Só se pode demonstrar como se chegou a ter tal opinião. Só se pode dar a seu público a oportunidade de se chegar às suas próprias conclusões enquanto ele observa as limitações, os preconceitos, as idiossincrasias do palestrante. A ficção aqui tende a conter mais verdade do que fato. Portanto, eu proponho, fazendo uso de todas as liberdades e licenças de uma romancista, contar a vocês a história dos dois dias que precederam minha vinda aqui; como, curvada pelo peso do assunto que vocês colocaram sobre meus ombros, eu o ponderei, e o adaptei à minha rotina. Não preciso dizer que o que estou prestes a descrever não existe: Oxbridge é uma invenção, assim como Fernham; "eu" é apenas um termo conveniente para alguém que não tem vida real. Mentiras jorrarão dos meus lábios, mas talvez haja alguma verdade misturada a elas; vocês devem procurar essa verdade e decidir se alguma parte dela vale a pena ser mantida. Se não, vocês jogarão toda ela no cesto de lixo e a esquecerão por completo.

Então estava eu (me chamem de Mary Beton, Mary Seton, Mary Carmichael ou de qualquer outro nome que prefiram – isso não tem importância) sentada às margens de um rio uma ou duas semanas atrás, num belo dia de outubro, absorta em meus pensamentos. Aquela relação da qual falei, mulheres e ficção, a necessidade de chegar a uma conclusão sobre um assunto que suscita todos os tipos de preconceitos e paixões, curvou minha cabeça até o chão. Para a direita e para a esquerda havia arbustos de algum tipo, dourados e carmins, que brilhavam com a cor de fogo, mesmo parecendo queimada pelo calor. Na margem mais à frente, os salgueiros balançavam em sua lamúria perpétua, seus cabelos pelos ombros. O rio refletia o que ele decidisse do céu e da ponte das árvores queimando, e quando os universitários haviam remado seus barcos pelos reflexos eles se fechavam de novo, completamente, como se o rio nunca os tivesse refletido. O relógio devia ter parado nesse devaneio de pensamentos. O pensamento – para chamá-lo de algo mais glorioso do que de fato merecia – tinha deixado sua marca no fluxo. Ele balançava, minuto após minuto, de um lado para o outro entre os reflexos das plantas, deixando a água levantá-lo e afundá-lo até – vocês conhecem o pequeno puxão – o repentino conglomerado de uma ideia no final de uma linha: e então o reboque cauteloso para dentro, e o cuidadoso assentamento para fora? Ah, deitado sobre a grama, quão pequeno, quão insignificante esse meu pensamento parecia; o tipo de peixe que um bom pescador devolve à água para que ele possa engordar e um dia valer a pena ser cozido e comido. Não os perturbarei com aquele pensamento agora, embora se olharem cuidadosamente poderão sozinhos encontrá-lo enquanto eu estiver falando.

Mas não importa quão pequeno ele seja, ele possuía, todavia, as propriedades misteriosas da sua classe – se colocado de volta no lugar da mente de onde veio, ele se tornava de uma vez excitante e importante; e quando ele se arremessava e afundava, brilhando aqui e ali, produzia tamanha agitação e confusão de ideias que era impossível ficar quieto. Foi assim que me encontrei caminhando com extrema rapidez por um gramado. Imediatamente a figura de um homem surgiu para me interpelar. A princípio não entendi que as gesticulações do curioso sujeito, vestindo um fraque e camisa social, se dirigiam a mim. Seu rosto expressava horror e indignação. O instinto mais do que a razão veio em meu socorro, ele era um bedel; eu era uma mulher. Eu estava sobre a relva; havia a passagem. Apenas os alunos e professores eram permitidos ali; o cascalho era o lugar para mim. Tais pensamentos foram o fruto de um momento. Enquanto eu retomava o caminho os braços do bedel se abaixaram, seu rosto assumir seu estado usual de repouso, e embora a relva seja melhor para caminhar do que o cascalho, não houve nenhum grande dano. A única acusação que eu poderia levantar contra os alunos e professores daquela faculdade era a de terem feito meu peixinho se esconder devido à proteção de seu gramado que estava em curso há trezentos anos.

A ideia que me tinha feito cometer tão audaciosa transgressão não consigo agora me lembrar. O espírito de paz desceu do céu como uma nuvem, pois se o espírito da paz habita algum lugar é nos pátios e quadras de Oxbridge em uma bela manhã de outubro. Passeando por essas faculdades e passando por seus muros antigos, a aspereza do presente se afigurava atenuada; a entidade parecia contida em um miraculoso gabinete de vidro que nenhum som era capaz de penetrar, e a mente, liberta de qualquer contato com fatos (ao menos que alguém invadisse o gramado novamente), estava desimpedida de se estabelecer sobre qualquer reflexão que estivesse em harmonia com o momento. Por acaso, algumas lembranças dispersas de algum ensaio antigo sobre revisitar Oxbridge durante as férias longas trouxeram Charles Lamb à mente – Santo Charles, disse Thackeray, colocando uma carta de Lamb na testa. De fato, entre todos os mortos (apresento a vocês meus pensamentos conforme eles ocorrem), Lamb é um dos mais agradáveis; alguém para quem teríamos gostado de dizer 'Conte-me sobre como escreveu seus ensaios?'. Pois seus ensaios eram superiores até aos de Max Beerbohm, pensei, com toda sua perfeição, devido àquele brilho extravagante de imaginação, àquele rompante de gênio no meio deles que os torna falhos e imperfeitos, mas ornados com poesia. Mas então Lamb chegou a Oxbridge talvez cem anos atrás. Certamente ele escreveu um artigo – o nome me foge agora – sobre os manuscritos de um dos poemas de Milton que ele viu aqui. Era *Lycidas* talvez, e Lamb escreveu o quanto ele ficou chocado em pensar que qualquer palavra em *Lycidas* poderia ter sido diferente do que é. Pensar em Milton mudando as palavras naquele poema pareceu a ele um tipo de sacrilégio. Isso me levou a recordar o que eu consegui de *Lycidas* e a me entreter adivinhando que palavra Milton poderia ter alterado e por quê. Então me ocorreu que esse mesmo manuscrito que Lamb tinha analisado estava a apenas alguns metros de distância e que seria possível seguir os passos de Lamb pelo quarteirão até aquela famosa biblioteca onde o tesouro é mantido. Além disso, eu me recordei, enquanto colocava esse plano em execução, que é nessa famosa biblioteca que o manuscrito de *Esmond*[2] de Thackeray está também guardado. Os críticos sempre dizem que *Esmond* é o romance mais perfeito de Thackeray. Mas a afetação do estilo, com sua imitação do século XVIII, causa um entrave, pelo que me lembro; ao menos que de fato o estilo do século XVIII fosse natural para Thackeray – um dado que se pode comprovar analisando o manuscrito e verificando se as alterações foram em benefício do estilo ou do sentido. Mas, então, seria necessário decidir o que é estilo e o que é sentido, uma questão que... Mas ali eu estava diante da porta que me levaria para dentro da biblioteca em si. Eu devo tê-la aberto, pois instantaneamente de lá saiu, como um anjo da guarda barrando o caminho com uma trepidante toga negra ao invés de asas brancas, um cavalheiro reprovador, prateado e benevolente, que em voz baixa se desculpava, enquanto me mandava de volta, pelo fato de mulheres apenas serem admitidas na biblioteca acompanhadas de um aluno da faculdade ou munidas de uma carta de apresentação.

Que uma famosa biblioteca tenha sido atormentada por uma mulher é uma questão de total indiferença para uma famosa biblioteca. Respeitável e calma, com todos os seus tesouros trancados em seu peito, ela repousa complacentemente e, até onde eu sei, assim repousará para sempre. Nunca despertarei aqueles ecos, nunca clamarei por aquela hospitalidade de novo, eu jurei enquanto descia os degraus em fúria. Faltava ainda uma hora para o almoço e o que se iria fazer? Caminhar pelos prados? Sentar-me

2 *The History of Henry Esmond*, romance histórico do escritor inglês William Makepeace Thackeray (1811-1863), publicado originalmente em 1852. (N. da T.)

à beira do rio? Com certeza era uma linda manhã de outono, as folhas tremulavam vermelhas até atingirem o chão, não havia grande dificuldade em fazer nem um nem outro. Mas o som da música atingiu meus ouvidos. Algum culto ou celebração estava em andamento. O órgão lamuriava-se esplendidamente enquanto eu passava pela porta da capela. Até mesmo a dor da cristandade ecoava naquele ar sereno mais como a reminiscência da dor do que a dor em si; até mesmo as lamentações do velho órgão pareciam revestidas de paz. Não tive nenhum desejo de entrar, caso eu pudesse, e dessa vez o sacristão poderia ter me impedido exigindo, talvez, minha certidão de batismo ou uma carta de apresentação do reitor. Mas o exterior daqueles magníficos prédios na maioria das vezes é tão bonito quanto o interior. Ademais, era bem divertido observar a congregação se reunir, entrando e saindo novamente, se agitando na porta da capela como abelhas na entrada da colmeia. Muitos usavam capelos e becas; outros tinham estolas de pelos sobre os ombros; outros eram conduzidos em cadeiras de banho; outros, embora não chegassem à meia idade, pareciam vincados e espremidos em formas tão peculiares que faziam lembrar aqueles gigantes caranguejos e lagostins que se movem com dificuldade pela areia de um aquário. Ao me apoiar na parede a universidade de fato pareceu um santuário no qual são preservados tipos raros que em breve se tornariam obsoletos se deixados lutar pela existência na calçada da praia. Antigas histórias de velhos reitores e velhos formandos ressurgiram na mente, mas antes que eu tivesse reunido coragem para assoviar – costumava-se dizer que ao som de um assovio o velho professor --- aparecia em um galope – a venerável congregação já havia entrado. O exterior da capela permaneceu onde estava. Como vocês sabem, seus domos e pináculos elevados podem ser vistos, como um veleiro sempre que está sempre viajando e nunca chega, aceso à noite e visível a milhas de distância, muito longe das montanhas. Uma vez, presumidamente, este quarteirão, com sua grama macia, seus enormes prédios incluindo a capela, era um pântano também, onde o mato crescia e os porcos fuçavam na lama. Um bando de cavalos e bois, pensei, devem ter puxado carroças com pedras de campos distantes, e então com um trabalho infindável os blocos cinzas em cujas sombras eu estava agora foram assentados uns sobre os outros, e então os pintores trouxeram os vidros para as janelas, e os pedreiros se ocuparam por séculos lá em cima no telhado com cal e cimento, pá e espátula. Todo sábado alguém deve ter despejado ouro e prata de dentro de uma bolsa de couro em seus punhos para que, presumidamente, pudessem tomar suas cervejas e jogar seu boliche à noite. Um fluxo interminável de ouro e prata, eu pensei, deve ter corrido para esse pátio perpetuamente a fim de que mantivesse as pedras chegando e os pedreiros trabalhando; nivelar, abrir fossos, cavar e drenar. Mas se tratava da Idade da Fé, e o dinheiro jorrava generosamente para assentar essas pedras em solo firme, e quando os blocos foram erguidos, ainda mais dinheiro foi derramado dos cofres de reis e rainhas e nobres importantes para garantir que os hinos fossem cantados e os intelectuais fossem formados aqui. Terras foram doadas; dízimos foram pagos. E quando a Idade da Fé acabou e a Idade da Razão chegou, ainda o mesmo fluxo de ouro e prata continuou; sociedades foram fundadas; conferências foram subvencionadas; apenas o ouro e a prata fluíam então, não dos cofres do rei, mas do baú de comerciantes e produtores, dos bolsos de homens que tinham feito, digamos, uma fortuna da indústria, e retornado, por vontade própria, uma generosa quantia disso para subvencionar mais cadeiras, mais conferências, mais sociedade na universidade onde eles haviam aprendido seu ofício. Consequentemente, as bibliotecas e laboratórios, os observatórios, os equipamentos esplêndidos de instrumentos caros e delicados que agora enfeitam prateleiras de vidro, onde séculos atrás o mato crescia e o os porcos fuçavam. Com certeza, enquanto eu passeava em torno da quadra, a fundação de ouro e prata parecia profunda o suficiente; o pavimento solidamente assentado sobre mato selvagem. Homens com bandejas sobre as cabeças iam atarefados de uma escadaria para outra. Flores chamativas brotavam nos cachepôs nas janelas. Os acordes vindos do gramofone rangiam dos salões internos. Era impossível não refletir – a reflexão qualquer que possa ter sido foi interrompida abruptamente. O relógio soou. Era hora de seguir para o almoço.

É um fato curioso que romancistas tenham um modo de nos fazer acreditar que as recepções na hora do almoço são invariavelmente memoráveis por algo arguto que foi dito ou por algo sensato que foi feito. Mas raramente eles dizem uma palavra sobre o que foi comido. É parte da convenção entre os romancistas não mencionar a sopa e o salmão e o pato, como se a sopa e o salmão e o pato não tivessem qualquer importância, como se ninguém nunca fumasse um charuto ou bebesse uma taça de vinho. Aqui, no entanto, tomo a liberdade de desafiar aquela convenção e contar a vocês que o almoço naquela ocasião teve início com linguados, servidos em um prato fundo, ou que o cozinheiro da faculdade tinha espalhado uma camada do mais branco creme, exceto pelo fato de que estava salpicado aqui e ali de manchas marrons como as manchas de uma corça. Depois vieram as perdizes, mas se isso remete a um par de aves marrons e despenadas sobre uma bandeja vocês estão enganadas. As perdizes, muitas e variadas, foram servidas com toda sua comitiva de molhos e saladas, os picantes e os doces, cada um na sua sequência; batatas, finas como moedas, mas não duras; brotos com muitas folhas como botões de rosas, mas mais suculentos. E mal o assado e seu séquito de acompanhamentos tinham sido consumidos, o silencioso criado, o bedel em pessoa talvez em uma versão mais suave, colocou diante de nós, envolto em guardanapos, uma sobremesa que fazia o açúcar se elevar em ondas. Chamá-la de pudim e então relacioná-la com arroz e tapioca seria um insulto. Enquanto isso, as taças de vinhos tinham adquirido cor amarela e carmim, haviam sido esvaziadas; haviam sido enchidas. E assim, em etapas, tinha se acendido, no meio da espinha, onde é a morada da alma, não aquela luzinha elétrica que chamamos de brilho, já que aparece e se espalha sobre nossos lábios, mas o fulgor mais profundo, sutil e subterrâneo que é a chama dourada da relação racional. Sem necessidade de se apressar. Sem necessidade de faiscar. Sem necessidade de ser ninguém além de você mesma. Vamos todos para o céu e Vandyck será nossa companhia. Em outras palavras: como a vida parecia boa, como suas recompensas eram doces, como esse rancor e aquele ressentimento eram triviais, como era admirável a amizade e a companhia de alguns, enquanto ao acender um cigarro de qualidade alguém se afundava nas almofadas de uma poltrona à janela.

Se tivesse a sorte de ter um cinzeiro à mão, se não tivesse batido as cinzas pela janela afora, se as coisas tivessem sido um pouco diferentes do que elas eram, ninguém teria visto em gato sem rabo. A visão daquele animal abrupto e mutilado percorrendo o quarteirão mudou, por uma casualidade da inteligência subconsciente, o aspecto emocional para mim. Foi como se alguém tivesse deixado cair uma sombra. Talvez o excelente *hock*[3] estivesse fazendo efeito. Certamente, enquanto eu observava o gato manês parar no meio do jardim como se também estivesse questionando o universo, algo pareceu estar faltando, algo pareceu diferente. Mas o que estava faltando, o que era diferente, me

3 Vinho da região do rio Reno, na Alemanha. (N. da T.)

perguntei, ouvindo a conversa? E para responder a essa questão eu tinha que pensar fora daquela sala, voltar ao passado, antes da guerra, na verdade, e dispor diante dos meus olhos o modelo de outro almoço servido em salões não muito distantes desses, mas diferentes. Tudo era diferente. Enquanto a conversa prosseguia entre os convidados, que eram muitos e jovens, alguns desse sexo, outros daquele; e prosseguia facilmente, prosseguia de forma agradável, livre e divertida. E enquanto ela prosseguia eu a posicionei contra o pano de fundo daquela outra conversa, e quando eu as combinei não tive dúvidas de que uma era descendente, herdeira legítima da outra. Nada havia mudado, nada era diferente, salvo que aqui eu não ouvia totalmente o que era dito, mas o murmúrio ou o fluxo por trás dela. Sim, era isso – a mudança estava lá. Antes da guerra, em um almoço como esse, as pessoas teriam dito precisamente as mesmas coisas, mas elas seriam acompanhadas de um zumbido, não articulado, mas musical, estimulante, que mudava o valor das palavras em si. Alguém seria capaz de transformar aqueles zumbidos em palavras? Talvez com a ajuda dos poetas alguém pudesse. Havia um livro ao meu lado e, ao abri-lo, deparei por acaso com Tennyson. E aqui eu achei que Tennyson estava cantando:

Caiu uma lágrima esplêndida
Da passiflora ao portão.
Ela está vindo, minha pombinha, minha querida
Ela está vindo, minha vida, minha direção.
A rosa vermelha grita 'ela está vindo, ela está vindo,
E a rosa branca chora 'está atrasada'
A espora escuta 'estou ouvindo, estou ouvindo'
E o lírio sussurra 'eu espero', não custa nada

Era isso que os homens cantarolavam em almoços antes da guerra? E as mulheres?

Meu coração é como um pássaro que canta
Numa calha alagada fica seu ninho
Meu coração é como uma macieira
De tantas frutas, seu galho pende baixinho
Meu coração é como a concha arco-íris
Que rema em água calma
Meu coração é mais feliz que todos
pois meu amor preenche minh'alma

Era isso que as mulheres cantarolavam em almoços antes da guerra?

Havia algo tão absurdo em pensar em pessoas cantarolando tais coisas mesmo baixinho em almoços antes da guerra que eu não contive a risada e tive que explicá-la apontando para o gato manês sem rabo, que parecia um pouco bizarro, pobre animal, sem rabo, no meio do gramado. Ele nasceu assim mesmo ou o perdeu em um acidente? O gato sem rabo, embora digam que existam alguns na Ilha de Man, é mais raro do que se pensa. É um animal esquisito, mais exótico do que bonito. É estranha a diferença que um rabo faz – vocês sabem o tipo de coisas que as pessoas dizem quando almoços terminam e as pessoas estão tentando achar seus casacos e chapéus.

Esse, graças à hospitalidade do anfitrião, adentrou a tarde. O belo dia de outubro estava chegando ao fim e as folhas caíam das árvores na avenida enquanto eu caminhava por ela. Cada portão que eu passava parecia se fechar atrás de mim com gentil determinação. Incontáveis bedéis estavam encaixando incontáveis chaves em fechaduras bem lubrificadas; a sede do tesouro seria mantida segura por mais uma noite. Terminada a avenida, chegava-se a uma estrada – esqueci o nome – que levava, se a pegasse à direita, a Fernham. Mas havia tempo de sobra. O jantar não seria servido antes das sete e meia. Quase que se podia renunciar ao jantar depois de um almoço desses. É estranho como um fragmento de poesia trabalha na mente e faz as pernas moverem ao seu ritmo pela estrada. Aquelas palavras...

Caiu uma lágrima esplêndida
Da passiflora ao portão.
Ela está vindo, minha pombinha, minha querida

... ressoavam em minhas veias enquanto eu pisava rapidamente a caminho de Headingley. E então, mudando para outro compasso, eu cantei, onde as águas são agitadas pela barragem:

Meu coração é como um pássaro que canta
Numa calha alagada fica seu ninho
Meu coração é como uma macieira

Que poetas, eu gritei alto como se faz ao anoitecer, que poetas eles foram!

Sentindo uma espécie de ciúmes, suponho, pela nossa própria época, por mais tolas e absurdas que essas comparações sejam, fiquei imaginando se honestamente alguém poderia dizer o nome de dois poetas hoje vivos tão importantes quanto Tennyson e Christina Rossetti foram. Obviamente é impossível compará-los, pensei, olhando para aquelas águas espumantes. A principal razão pela qual a poesia desperta tão grande abandono, tão grande arrebatamento, é que ela celebra um tipo de sentimento que se costumava ter (em almoços antes da guerra, talvez) de tal forma que se consegue responder facilmente, com intimidade, sem se dar o trabalho de verificar esse sentimento ou de compará-lo com outro que tenha agora. Mas os poetas vivos expressam um sentimento que está na verdade sendo plantado e tirado de nós no momento. Para começar, ninguém o reconhece. Com frequência, por algum motivo, ele é temido, ele é observado com entusiasmo e comparado com ciúmes e desconfiança a um sentimento antigo que se conhecia. Daí vem a dificuldade da poesia moderna, e é por causa dessa dificuldade que ninguém consegue se lembrar mais do que duas linhas seguidas de qualquer bom poeta moderno. Por essa razão – que tinha me fugido à memória – o argumento sinalizou a necessidade de algum dado. Mas por que, continuei, me dirigindo a Headingley, paramos de cantarolar baixinho em almoços? Por que Alfred deixou de cantar:

> *Ela está vindo, minha pombinha, minha querida*
>
> Por que Christina deixou de responder:
>
> *Meu coração é mais feliz que todos*
> *pois meu amor preenche minh'alma*

Devemos pôr a culpa na guerra? Quando as armas começaram a disparar em 1914, os rostos de homens e mulheres estampavam tão claramente nos olhos uns dos outros que o romance havia sido morto? Com certeza foi um choque (para mulheres em particular com suas ilusões sobre e educação e coisas do gênero) ver os rostos de nossos governantes à luz das explosões. Pareciam tão feios – alemães, ingleses, franceses – tão estúpidos. Mas coloquem a culpa onde desejarem, em quem desejarem, pois a ilusão que inspirou Tennyson e Christina Rossetti a cantar tão apaixonadamente sobre seu amor é muito mais rara agora do que naquela época. A única coisa que se tem a fazer é ler, olhar, ouvir e lembrar. Mas por que dizer 'culpa'? Por que, se foi uma ilusão, não enaltecer a catástrofe, qualquer que seja, que destruiu a ilusão e colocou a verdade em seu lugar? Pois a verdade ... essas reticências marcam o local onde, em busca da verdade, eu perdi o desvio para Fernham. De fato, o que era verdade e o que era ilusão? Me perguntei. Qual era a verdade sobre esses prédios, por exemplo, sombrios e festivos agora com suas janelas vermelhas ao anoitecer, mas brutos, vermelhos e esquálidos, com suas amenidades e seus cadarços, às nove da manhã? E os salgueiros e o rio e os jardins que acompanham o rio, difusos agora com a neblina os encobrindo, mas dourados e vermelhos à luz do sol – qual era a verdade e qual era a ilusão sobre eles? Vos pouparei das reviravoltas das minhas reflexões, pois não cheguei a nenhuma conclusão no percurso até Headingley, e peço a vocês que presumam que eu logo descobri meu erro quanto ao desvio e refiz meus passos para Fernham.

Como já disse que era um dia de outubro, não ousarei perder vosso respeito e arriscar o belo nome da ficção por mudar a estação e descrever os lilases pendendo sobre os muros do jardim, pés de açafrão, tulipas e outras flores da primavera. A ficção deve se ater aos fatos, e quanto mais verdadeiros os fatos melhor a ficção, assim nos foi dito. Portanto, ainda era outono e as folhas ainda eram amarelas e caíam, quando muito, um pouco mais rápido do que antes, porque era de noite (sete e vinte e três para ser precisa) e uma brisa (de sudoeste para ser exata) soprava. Mas por tudo isso havia algo estranho acontecendo:

> *Meu coração é como um pássaro que canta*
> *Numa calha alagada fica seu ninho*
> *Meu coração é como uma macieira*
> *De tantas frutas, seu galho pende baixinho*

Talvez as palavras de Christina Rossetti fossem parcialmente responsáveis pela loucura da imaginação – claro que não passava de imaginação – que o lilás estava balançando suas flores sobre o muro do jardim e as borboletas voavam para lá e para cá, e o pó do pólen pairava no ar. Um vento soprou, de onde não sei, mas levantou as folhas não totalmente desenvolvidas de forma que havia um raio cinza prateado no ar. Era o tempo entre as luzes em que as cores sofrem uma intensificação e os roxos e dourados queimam nas vidraças tal qual o bater de um coração nervoso; quando por alguma razão a beleza do mundo é revelada embora deva perecer em breve (aqui eu pisei no jardim, já que imprudentemente o portão havia sido deixado aberto e parecia não haver bedéis por perto), essa beleza do mundo que em breve perecerá tem dois extremos, um de risadas e um de angústias, dividindo o coração ao meio. Os jardins de Fernham estão diante de mim sob um crepúsculo de primavera, vastos e abertos, e na imensa grama, salpicados e espalhados sem cuidado específico estão narcisos e campainhas, não exatamente em suas melhores formas, agora soprados pelo vento e balançando ao serem puxados pelas raízes. As janelas dos prédios, curvas como janelas de navios em meio a generosas ondas de tijolos vermelhos, mudaram de crítico para prateado sob o voo das rápidas nuvens de primavera. Alguém estava deitado em uma rede, alguém, mas sob essa luz era apenas um fantasma, em parte deduzido, em parte visto, correu pela grama – ninguém a impediria? – e então pelo terraço, como se surgisse para respirar o ar, para olhar o jardim, vinha uma figura inclinada, imensa mas ainda assim modesta, com sua grande cabeça e vestido surrado – seria a famosa acadêmica J-- H-- em pessoa? Tudo estava escuro, intenso também, como se o lenço que o anoitecer havia feito voar pelo jardim tivesse sido arrancado por uma estrela ou espada – o corte de uma terrível realidade pulando, pelo seu caminho, para fora do coração da primavera. Pois a juventude...

Aqui estava minha sopa. O jantar estava sendo servido no grande salão de jantar. Longe de ser primavera, era de fato uma noite de outubro. Todos estavam reunidos na grande sala de jantar. O jantar estava pronto. Aqui estava a sopa. Era uma sopa bem aguada. Não havia nada lá para atiçar a imaginação. Dava para ver através do líquido transparente qualquer padronagem que houvesse no prato. Mas não havia nenhuma. O prato era liso. Na sequência veio carne com folhas verdes e batatas acompanhando – uma trindade da casa, sugerindo o traseiro de um boi em uma feira lamacenta, e brotos enrolados e amarelados nas pontas, e barganha e pechincha e mulheres com suas sacolas de alças em uma manhã de segunda-feira. Não havia nenhuma razão para reclamar do alimento diário da natureza humana, vendo que o fornecimento era suficiente e mineradores sem dúvida passavam com menos. Ameixas e cremes deram sequência. Se alguém reclamar que ameixas, mesmo quando mitigadas por creme, são um tipo de vegetal inclemente (fruta não são), fibrosas como o coração de um avarento e que exalam um fluido tal como deve correr nas veias dos avarentos que se negaram vinho e calor por oitenta anos nem doaram aos pobres, essa pessoa deveria refletir sobre o fato de que há outras cuja caridade abarca inclusive a ameixa. Biscoitos e queijos vieram na sequência, e então o jarro de água foi deliberadamente passado de um em um, já que é da natureza dos biscoitos serem secos, e esses eram biscoitos até a alma. Era tudo. A refeição havia acabado. Todos arrastaram suas cadeiras para trás; as portas basculantes balançavam intensamente para frente e para trás; logo o salão foi esvaziado de todo sinal de comida e preparado com certeza para o café da manhã do dia seguinte. Por corredores e escadarias a juventude da Inglaterra saiu batucando e cantando. E poderia uma convidada, uma estranha (já que eu não tinha mais direito aqui em Fernham do que na Trinity ou Somerville ou Girton ou Newnham ou Christchurch), dizer 'O jantar não estava bom' ou dizer (éramos Mary Seton e eu, em sua sala de estar) 'Não poderíamos ter jantado aqui em cima sozinhas?', pois se eu tivesse dito qualquer coisa do tipo eu estaria me intrometendo e vasculhando as economias secretas de uma entidade que para uma estranha mostra muito bem uma fachada de alegria e coragem. Não, ninguém poderia dizer nada do tipo. Na verdade, a conversa por um momento, desfaleceu. O corpo humano sendo o que é, coração, tronco e cérebro tudo misturado, e não separados em compartimentos como sem dúvida estarão em um milhão de anos, um bom jantar tem bastante importância para uma boa conversa. Ninguém consegue pensar direito, amar direito, dormir direito se não jantou direito. A luz na espinha não se acende sobre carne e ameixas. Todos provavelmente vamos para o céu, e Vandyck irá, assim esperamos, nos encontrar logo na esquina – esse é o estado de mente dúbio e válido que carne e ameixas ao final de um dia de trabalho geram entre eles. Felizmente, minha amiga, que leciona ciências, tinha um armário onde havia uma garrafa bojuda e pequenas taças (mas deveria ter havido linguado e perdiz para começar) de forma que estávamos prontas para chegar até o fogo e reparar alguns dos danos de um dia de vida. Dentro de cerca de um minuto estaríamos passeando livremente em meio àqueles objetos de curiosidade e interesse que se formam na mente, na falta de uma pessoa em particular, e podem naturalmente ser discutidos ao se reunirem novamente – como alguém se casou e outro não; um pensa isso, outro pensa aquilo; um melhorou com o conhecimento, e outro incrivelmente piorou – com todas aquelas especulações sobre a natureza humana e as peculiaridades desse mundo incrível em que vivemos que brotam naturalmente de começos assim. Enquanto essas coisas eram ditas, todavia, eu fiquei envergonhadamente ciente de uma tendência se estabelecendo por vontade própria e carregando tudo adiante para um fim próprio. Podia-se estar falando da Espanha ou Portugal, de livros ou corrida de cavalos, mas o real interesse do que era dito não era nenhuma dessas coisas, mas uma cena de pedreiros no alto de um telhado uns cinco séculos atrás. Reis e nobres trouxeram tesouros em enormes sacos e os despejaram sob a terra. Essa cena sempre se reavivava em minha mente e se colocava com outra de vacas magras e uma feira lamacenta e vegetais ressequidos e velhos homens com corações fibrosos – essas duas imagens, incoerentes e desconectadas e disparatadas como eram, apareciam sempre juntas e lutando umas com as outras me deixando completamente à mercê delas. O melhor a fazer, a menos que toda a conversa fosse distorcida, era expor o que se passava na minha mente para o ar, e com sorte tudo iria desaparecer e desabar como a cabeça do rei morto quando eles abriram o caixão em Windsor. Então, brevemente contei à senhorita Seton sobre os pedreiros que todos aqueles anos estiveram no telhado da capela, e sobre os reis e rainhas e nobres carregando sobre os ombros sacos de ouro e prata que eles enterraram. E também como os grandes magnatas das finanças do nosso tempo chegaram e depositaram cheques e títulos, suponho, onde outros haviam depositado lingotes e barras de ouro brutas. Tudo aquilo jaz sob os prédios das faculdades, eu disse. Mas e essa faculdade, onde estamos sentadas agora, o que está sob seus bravos tijolos vermelhos e sob a desgrenhada e silvestre grama? Que força há por trás da lisa porcelana em que jantamos, e (isso saiu da minha boca antes que eu pudesse impedir) a carne,o creme e as ameixas?

Bem, disse Mary Seton, por volta de 1860 – ah, você conhece a história, ela disse, entediada, suponho, pelo recital, e me contou – quartos eram alugados. Comitês se encontravam. Envelopes eram entregues. Reuniões foram feitas; cartas foram lidas em voz alta; fulano prometeu tanto; por outro lado, o senhor --- não vai dar um tostão. O *Saturday Review* foi muito rude. Como podemos erguer fundos para pagar por escritórios? Deveríamos organizar um bazar? Não podemos encontrar uma garota bonita para se sentar na primeira fila? Vamos dar uma olhada no que John Stuart Mill disse sobre o assunto. Alguém consegue convencer o editor do --- a publicar uma carta? Podemos fazer Lady --- assiná-la? Lady --- não está na cidade.Assim foi presumidamente feito sessenta anos atrás, e foi um esforço extraordinário, e muito tempo foi gasto nisso. E foi só depois de uma longa luta e com a maior dificuldade que elas reuniram trinta mil libras.[4]

4 "Nos dizem que temos que pedir £30.000 no mínimo... Não é uma grande quantia, considerando que haja não mais que uma faculdade desse tipo na Grã-Bretanha, Irlanda e nas colônias e considerando quão fácil é levantar imensas quantias para escolas de meninos. Mas considerando quão poucas pessoas realmente desejam que mulheres recebam educação, é um bom tanto." [Lady Stephen, Emily Davies e Girton College.] Obviamente não podemos ter vinho e perdizes e criados carregando bandejas de alumínio sobre suas

Com o pensamento em todas aquelas mulheres trabalhando ano após ano e tendo dificuldade em reunir duas mil libras, nós explodimos em menosprezo pela lamentável pobreza do nosso sexo. O que nossas mães estiveram então fazendo que elas não possuíam nenhuma riqueza para nos deixar? Passando pó no rosto? Admirando vitrines de lojas? Ostentando ao sol em Monte Carlo? Havia algumas fotos na lareira. A mãe de Mary – se é que aquela foto era dela – deve ter sido uma esbanjadora em seu tempo livre (ela teve treze filhos com um ministro da igreja), e se isso era verdade sua vida alegre e dissoluta havia também deixado algumas marcas desses prazeres em seu rosto. Ela foi uma pessoa caseira; uma velha senhora com um xale xadrez preso por um grande camafeu; e ela se sentava em uma cadeira de vime, incentivando um spaniel a olhar para a câmera, com uma expressão divertida ainda que tensa de alguém que tem certeza de que o cachorro vai se mover assim que o botão por pressionado. Mas, se ela tivesse se dedicado aos negócios, teria se tornado uma fabricante de seda artificial ou uma magnata da Bolsa de Valores; se ela tivesse doado duzentas ou trezentas mil libras para a Fernham, nós poderíamos estar sentadas confortavelmente esta noite e o assunto da nossa conversa poderia ter sido arqueologia, botânica, antropologia, física, a natureza do átomo, matemática, astronomia, relatividade, geografia. Ao menos se a senhora Seton e sua mãe e sua avó tivessem aprendido a grande arte de fazer dinheiro e tivessem doado seu dinheiro, como os pais e avós antes delas, para fundar sociedades e comunidades de conferencistas e prêmios e bolsas de estudo apropriadas para

cabeças, ela disse. Não podemos ter sofás e salas separadas. 'As amenidades', ela disse, citando de algum livro, 'terão de esperar'. "Cada centavo que pode ser juntado foi separado para a construção e as amenidades tiveram de ser postergadas." [R. Strachey, *The Cause*.] (N. da A.)

o uso de seu próprio sexo, nós poderíamos ter jantado bem tranquilamente aqui em cima uma ave a uma garrafa de vinho; nós poderíamos ter ansiado sem confiança indevida por uma vida agradável e honrada passada ao abrigo de uma das profissões deliberadamente provisionadas. Nós poderíamos estar pesquisando e escrevendo, vagando por lugares veneráveis do planeta, sentando-nos contemplativamente nos degraus do Parthenon, ou entrando em um escritório às dez e indo para casa tranquilamente às quatro e meia para escrever um pouco de poesia. Apenas se a senhora Seton e suas semelhantes tivessem entrado no mundo dos negócios aos quinze anos, não teria havido – e esse era o inconveniente – nenhuma Mary. O que, eu perguntei, Mary achava disso? Ali por entre as cortinas estava a luz da noite de outubro, calma e adorável, com uma ou outra estrela agarrada às árvores amareladas. Ela estava pronta para renunciar à sua parte nisso e a suas lembranças (pois foram uma família feliz, embora grande) de brincadeiras e brigas lá na Escócia, que ela nunca se cansa de elogiar pela pureza do ar e pela qualidade dos bolos, a fim de que Fernham tivesse recebido mais ou menos cinquenta mil libras em uma tacada? Pois, para subvencionar uma faculdade haveria a necessidade de suprimir completamente as famílias. Fazer fortuna e criar treze filhos – nenhum ser humano suportaria. Considerem os fatos, dissemos. Primeiro há nove meses antes de o bebê nascer. Depois ele nasce. Na sequência são três ou quatro meses amamentando o bebê. Depois que o bebê estiver amamentado há certamente mais uns cinco anos empregados em brincar com ele. Pelo que parece, não se pode deixar as crianças correrem soltas pelas ruas. Pessoas que as viram correr livres na Rússia dizem que a visão não é prazerosa. Dizem também que a personalidade se forma entre um e cinco anos. Se a senhora Seton, eu disse, estivesse se dedicando a fazer dinheiro, que tipo de lembranças, você teria tido de brincadeiras e brigas?

O que você conheceria da Escócia e seu ar puro e bolos e todo o resto? Mas é inútil fazer essas perguntas, porque você nem teria chegado a existir. Além do mais, é igualmente inútil perguntar o que teria acontecido se a senhora Seton, sua mãe e sua bisavó tivessem acumulado enorme riqueza e a doado para fundações de faculdades e bibliotecas, porque, primeiro, ganhar dinheiro era impossível para elas, e segundo, se tivesse sido possível, a lei teria lhes negado o direito de possuir o dinheiro que elas haviam ganhado. Foi somente nos últimos quarenta e oito anos que a senhora Seton pode de fato possuir um centavo que lhe pertencesse. Por todos os séculos precedentes, esse centavo teria sido propriedade de seu marido – um pensamento que talvez tenha tido sua parcela de culpa em manter a senhora Seton e sua mãe e bisavó longe da Bolsa de Valores. Cada centavo que ganho, elas devem ter dito, será tomado de mim e usado de acordo com o que pensa meu marido – talvez para criar um programa de bolsa de estudos ou para subsidiar uma sociedade na Balliol ou na Kings, assim, ganhar dinheiro, mesmo que eu pudesse ganhar dinheiro, não é algo que me interesse muito. Melhor deixar para meu marido.

De qualquer forma, se a culpa recaía ou não sobre a velha senhora que estava olhando para o spaniel, não havia dúvida de que por alguma razão ou outra nossas mães haviam administrado mal suas obrigações seriamente. Nem um centavo poderia ser gasto com 'amenidades', com perdizes e vinho, com bedéis e relva, livros e charutos, bibliotecas e lazer. Erguer muros áridos a partir da terra árida era o melhor que elas conseguiram fazer.

Então conversamos de pé pela janela e olhando, como tantos milhares olham todas as noites, para os domos e torres da famosa cidade sob eles. Era muito bonito e misterioso no luar de outono. A velha pedra parecia branquíssima e respeitável. Alguém pensava em todos os livros que estavam reunidos lá embaixo; em todos os retratos dos prelados e nobres pendurados nas salas revestidas; nas janelas pintadas que refletiam estranhas formas de globos e luas crescentes sobre a calçada; nas tábuas, memoriais e inscrições; nas fontes e gramados; nas salas silenciosas para além dos silenciosos quarteirões. E (me perdoem o pensamento) eu pensei, também, nos admiráveis fumos e bebidas e nas fundas poltronas e macios carpetes: na urbanidade, na genialidade, na dignidade que são o fruto do luxo, da privacidade e do espaço. Certamente, nossas mães não nos proporcionaram nada comparado a isso – nossas mães, que tiveram dificuldade em reunir trinta mil libras; nossas mães, que deram à luz treze filhos de ministros da igreja em St. Andrews.

Então, eu voltei para minha hospedaria, e enquanto eu caminhava pelas ruas escuras, eu refleti sobre tudo isso, como alguém faz ao final de um dia de trabalho. Eu refleti sobre por que a senhora Seton não tinha dinheiro para nos deixar; e qual o efeito da pobreza sobre a mente; e qual o efeito da riqueza sobre a mente; e eu pensei no cavalheiro velho e estranho que eu tinha visto naquela manhã com estolas de pelo sobre os ombros; e me lembrei que se alguém assoviasse algum deles correria; e pensei no órgão retumbando na capela e nas portas fechadas da biblioteca; e pensei quão desagradável é ser deixada de fora; também pensei em como era pior talvez ser trancada dentro; e, pensando na segurança e na prosperidade de um sexo e na pobreza e insegurança do outro e no efeito da tradição e da falta de tradição sobre a mente de um escritor, imaginei finalmente que era hora de dar o dia por encerrado, com seus argumentos e impressões e sua raiva e sua risada, e atirá-lo no muro. Mil estrelas brilhavam nos resíduos de azul do céu. Uma parecia sozinha com uma companhia inescrutável. Todos os seres humanos estavam dormindo – suscetíveis, horizontais, mudos. Ninguém parecia estar zanzando pelas ruas de Oxbridge. Até a porta do hotel se abria ao toque de uma mão invisível – ninguém estava ainda de pé para iluminar meu caminho até o quarto, era muito tarde.

DOIS

A cena, se eu puder pedir que vocês me sigam, havia mudado. A folhas ainda caíam, mas agora em Londres, não em Oxbridge. E tenho que pedir que imaginem um quarto, como milhares, com uma janela da qual era possível ver os chapéus das pessoas, automóveiss e outras janelas, e sobre a mesa dentro do quarto uma folha de papel em branco escrito em letras garrafais "Mulheres e Ficção", mas nada além. A inevitável sequência após almoçar e jantar em Oxbridge pareceu ser, infelizmente, uma visita ao Museu Britânico. É importante separar o que era pessoal do que era acidental em todas essas impressões e então chegar ao fluido puro, ao óleo essencial da verdade. Pois aquela visita a Oxford e o almoço e o jantar dispararam um enxame de perguntas. Por que os homens bebiam vinho e as mulheres, água? Por que um sexo era tão próspero e o outro tão desprovido? Que efeitos tem a pobreza na ficção? Quais condições são necessárias para a criação de objetos de arte? Mil perguntas surgiram de uma vez. Mas respostas eram necessárias, não perguntas; e respostas só poderiam ser obtidas consultando os eruditos e justos, que conseguiram ficar acima do conflito de língua e da confusão de corpo e pronunciaram o resultado de seu raciocínio e pesquisa em livros que podem ser encontrados no Museu Britânico. Se a verdade não puder ser encontrada nas prateleiras do Museu Britânico, pegando um caderno e um lápis me perguntei: onde está a verdade?

Assim munida, confiante e curiosa, parti em busca da verdade. O dia, embora não de fato úmido, era sombrio e as ruas da vizinhança do museu estavam cheias de pequenas carvoeiras, por onde desciam sacos; cabriolés traziam e depositavam na calçada caixas amarradas por cordas contendo, presumidamente, o guarda-roupas completo de alguma família suíça ou italiana atrás de fortuna ou refúgio ou alguma outra comodidade desejável que deve ser encontrada nas pensões de Bloomsbury no inverno. Os homens com vozes normalmente roucas desfilavam pelas ruas carregando plantas em carrinhos de mão. Alguns gritavam; outros cantavam. Londres era como uma oficina. Londres era como uma máquina. Todos nós éramos arremessados de um lado a outro em uma tela simples para criar alguma padronagem. O Museu Britânico era outro departamento da fábrica. As portas basculantes se abriram; e ali a pessoa estava sob aquele enorme domo, como se fosse um pensamento em uma enorme cabeça sem cabelos, tão esplendidamente rodeada de um monte de nomes famosos. Dirigiu-se ao caixa, pegou um pedaço de papel, abriu um volume do catálogo..... e aqui os cinco pontinhos indicam cinco minutos de estupefação, fascinação e perplexidade. Vocês têm noção de quantos livros são escritos sobre mulheres no período de um ano? Têm ideia de quantos são escritos por homens? Estão cientes de que vocês são, talvez, o animal mais pesquisado no universo? Aqui eu vim com um caderno e um lápis com a intenção de passar a manhã lendo, supondo que ao final da manhã eu teria transferido a verdade para meu caderno. Mas eu teria que ser uma manada de elefantes, pensei, e uma multidão de aranhas, desesperadamente confiando na reputação desses animais por serem os mais longevos e com múltiplos olhos, para dar conta de tal tarefa. Precisaria de garras de aço e um bico de metal para penetrar a casca. Como conseguiria um dia encontrar as sementes da verdade infiltradas em todo esse emaranhado de papel? Perguntei a mim mesma, e em desespero comecei a rolar meus olhos para cima e para baixo na longa lista de títulos. Até os nomes dos livros me deram estímulo às ideias. O sexo e sua natureza devem muito bem atrair médicos e biólogos; o que era surpreendente e difícil de explicar era o fato de que o sexo – feminino, na verdade – também atrai ensaístas lisonjeiros, romancistas de mãos ágeis, homens jovens com seus diplomas de mestrados, homens com nenhum diploma, homens com nenhuma qualificação aparente exceto não serem mulheres. Alguns desses livros eram, em face de tudo isso, frívolos e jocosos, mas muitos, por outro lado, eram sérios e proféticos, dignos e estimulantes. Simplesmente ler os títulos já sugeria incontáveis mestres, incontáveis clérigos subindo em seus palanques e púlpitos e se expressando com loquacidade que excedia bastante o tempo alocado para tal discurso no assunto tratado. Era um fenômeno muito estranho, e aparentemente – aqui consultei a letra M – restrito ao sexo masculino. Mulheres não escrevem livros sobre homens – um fato que eu não poderia deixar de receber com alívio, pois se eu tivesse primeiro que ler tudo que os homens escreveram sobre as mulheres, depois tudo que as mulheres escreveram sobre os homens, a babosa, que floresce uma vez em cem anos iria florescer duas vezes antes que eu conseguisse começar a escrever. Então, fazendo uma escolha perfeitamente arbitrária de cerca de doze volumes, coloquei minhas tiras de papel na bandeja de arame e esperei em minha baia entre outros em busca do óleo essencial da verdade.

Qual poderia então ser a razão para essa curiosa disparidade, eu imaginei, enquanto desenhava rodinhas na tira de papel providenciada pelo contribuinte britânico para outros fins. Por que as mulheres, julgando por esse acervo, são muito mais interessantes aos homens do que os homens são às mulheres? Parecia mesmo um fato muito curioso, e minha mente vagou para imaginar as vidas de homens que passam seu tempo escrevendo livros sobre mulheres; se são velhos ou jovens, casados ou solteiros, com narizes vermelhos ou corcundas – de qualquer forma, era vagamente lisonjeiro se sentir o objeto de tal atenção desde que ela não fosse completamente outorgada pelos incapacitados ou enfermos – então eu refletir até todos esses pensamentos frívolos tivessem sido encerrados por uma avalanche de livros deslizando sobre a mesa diante de mim. Aí começou o problema. O estudante que foi treinado em pesquisa na Oxbridge sem dúvida possui algum método de guiar sua pergunta, sem se distrair, até que ele se depara com sua resposta assim como uma ovelha se depara com sua fazenda. O aluno do meu lado, por exemplo, que copiava atentamente de um manual científico, conseguia extrair, eu tive certeza, puras pepitas de ouro essencial a cada dez minutos aproximadamente. Pequenos grunhidos de satisfação demonstravam isso. Mas se, infelizmente, alguém não tiver tido nenhuma capacitação universitária, ao contrário de a questão ser guiada até sua pena ela irá vagar aqui e ali como um rebanho amedrontado, confuso, perseguido por uma matilha de cães de caça. Professores, mestres, sociólogos, clérigo, romancistas, ensaístas, jornalistas, homens que não tinham qualquer qualificação exceto não serem mulheres, perseguiam minha pergunta simples e única – por que algumas mulheres são pobres? – até que se transformasse em cinquenta perguntas, até que as cinquenta perguntas saltassem desesperadamente no meio de um córrego e fossem levadas. Cada página do meu caderno estava rabiscada com minhas anotações. Para mostrar o estado mental em que eu estava, lerei para vocês algumas delas, explicando que a página tinha um título bem simples, "Mulheres e Pobreza", em letras maiúsculas, mas o que se lia era algo assim:

Condições na Idade Médias das,

Hábitos nas Ilhas Fiji das,

Veneradas como Deusas por,

Mais fracas em termos morais do que,

Idealismo das,

Maior honestidade das,

Habitantes das Ilhas dos Mares do Sul, idade da puberdade entre,

Atratividade das,

Oferecidas em sacrifício para,

Tamanho pequeno do cérebro das,

Subconsciência profunda das,

Menos pelo no corpo das,

Inferioridade mental, moral e física das,

Amor dos filhos das,

Maior longevidade das,

Músculos mais fracos das,

Força dos sentimentos das,

Vaidade das,

Educação superior das,

Opinião de Shakespeare sobre as,
Opinião de Lorde Birkenhead sobre as,
Opinião de Dean Inge sobre as,
Opinião de La Bruyère sobre,
Opinião do Doutor Johnson sobre,
Opinião do senhor Oscar Browning sobre, ...

Aqui tomei fôlego e acrescentei na margem "Por que Samuel Butler diz 'Homens sábios nunca dizem o que eles pensam sobre as mulheres'?". Homens sábios nunca dizem nada mais aparentemente. Mas, continuei, recostando em minha cadeira e olhando para o enorme domo no qual eu era um único, mas agora de alguma forma hostilizado, pensamento, o que é tão lamentável é que homens sábios nunca pensam a mesma coisa sobre as mulheres. Aqui está Pope:

A maioria das mulheres não tem qualquer caráter.

E aqui está La Bruyère:

Les femmes sont extreme, ells sont meilleures ou pires que les hommes...[5]

Uma contradição direta de observadores entusiastas que foram contemporâneos. Elas são capazes ou incapazes de serem educadas? Napoleão as julgou incapazes. Doutor Johnson pensou

5 Em francês no original: As mulheres são extremas, elas são melhores ou piores que os homens. (N. da T.)

o oposto.[6] Elas têm alma ou não? Alguns cruéis dizem que elas não têm nenhuma. Outros, ao contrário, sustentam que as mulheres são metade divinas e as veneram com base nisso.[7] Alguns sábios defendem que elas têm a mente mais rasa; outros, que elas têm discernimento mais profundo. Goethe as honrou; Mussolini as despreza. Para onde quer que se olhasse os homens pensavam sobre as mulheres e pensavam de maneiras diferentes. Eu não conseguia entender muito bem isso tudo, foi o que concluí, olhando de relance com inveja para o leitor ao lado que estava fazendo os resumos mais organizados, sempre encabeçados por um A, um B ou um C, enquanto o meu próprio caderno estava tumultuado com os mais rebeldes rabiscos de contraditórias anotações. Era angustiante, era desconcertante, era humilhante. A verdade me tinha escapado pelos dedos. Cada gota havia evaporado.

Eu refleti que não conseguia ir para casa e, como uma contribuição séria ao estudo sobre mulheres e ficção, acrescentar que as mulheres têm menos pelos em seus corpos do que os homens, ou que a idade em que se inicia a puberdade entre as habitantes das ilhas dos Mares do Sul é nove – ou seria noventa? – mesmo a letra tinha se tornado indecifrável com essa desorientação. Era vergonhoso não ter nada mais respeitável e de peso para apresentar depois de uma manhã toda de trabalho. Se eu não fui capaz de compreender a verdade sobre o passado de M (em nome da brevidade foi assim que decidi chamá-la), por que me importar com o futuro

6 "'Os homens sabem que as mulheres são superiores a eles e, portanto, escolhem as mais fracas ou as mais ignorantes. Se eles não pensassem assim, eles nunca poderiam ter medo de as mulheres saberem tanto quanto eles'. Fazendo justiça ao sexo, eu considero honesto reconhecer isso, em uma conversa posterior ele me disse que falava sério quando disse isso." Boswell, *The Journal of a Tour to the Hebrides*. (N. da A.)

7 "Os alemães antigos acreditavam que havia algo de sagrado em relação às mulheres e assim as consultavam como oráculos." Frazer, *Golden Bough*. (N. da A.)

de M? Parecia pura perda de tempo consultar todos aqueles cavalheiros que se especializaram na mulher e sua influência no que quer que seja – política, filhos, salários, ética – por mais numerosos e eruditos que sejam. Deve-se também deixar seus livros fechados.

Mas enquanto eu refletia, na minha apatia, no meu desespero, eu tinha inconscientemente escrito uma conclusão. Eu tinha desenhado um rosto, uma imagem. Era o rosto e a imagem do professor Von X envolvido na escrita de seu monumental trabalho chamado *A Inferioridade Mental, Moral e Física do Sexo Feminino*. Na imagem que criei ele não era um homem atraente para as mulheres. Era corpulento, tinha uma grande papada, para balancear com o fato de que tinha olhos muito pequenos, seu rosto era muito vermelho. Sua feição sugeria que estava trabalhando sob alguma emoção que o fazia golpear o papel com a pena como se estivesse matando algum inseto nocivo enquanto escrevia, mas mesmo depois te tê-lo matado, não ficava satisfeito. Tinha que continuar matando o inseto e, mesmo assim, alguma razão para raiva e irritação permanecia. Poderia ser sua esposa, perguntei, olhando para meu desenho? Será que estava apaixonada por um oficial de cavalaria? Seria o oficial de cavalaria magro e elegante e vestido em astracã? Teria uma bela garota, para adotar a teoria freudiana, rido dele no berço? Bem, nem em seu berço, eu pensei, o professor poderia ter sido uma criança atraente. Qualquer que fosse o motivo, o professor tinha sido criado para parecer muito bravo e muito feio no meu esboço, já que ele escreveu seu grande livro sobre a inferioridade mental, moral e física das mulheres. Fazer desenhos era uma maneira bastante ociosa de terminar uma manhã de trabalho improdutiva. Embora seja em nossa ociosidade, em nossos sonhos, que a verdade submersa às vezes vem à tona. Um exercício muito elementar de psicologia, mas que não pode ser digno do nome psicanálise, me mostrou, ao olhar para meu caderno, que o esboço do professor raivoso foi feito sob raiva. A raiva sequestrou meu lápis enquanto eu sonhava. Mas o que a raiva estava fazendo lá? Interesse, confusão, diversão, tédio – todas essas emoções eu podia rastrear e nomear já que elas haviam sucedido umas às outras durante toda a manhã. Será que a raiva, essa cobra negra, teria ficado à espreita entre elas? Sim, dizia o esboço, a raiva tinha ficado, sim. Inequivocamente ele remetia ao único livro, à única frase que tinha despertado o demônio: era a declaração do professor sobre a inferioridade mental, moral e física das mulheres. Meu coração havia disparado. Minhas bochechas estavam queimando. Eu havia enrubescido de raiva. Não havia nada especificamente memorável naquilo, mesmo que fosse tolo. Ninguém gosta de ouvir que é naturalmente inferior a um homenzinho – olhei para o aluno ao meu lado – que respira alto, usa uma gravata com o nó pronto e está há duas semanas sem se barbear. As pessoas têm certas vaidades bobas. É apenas a natureza humana, eu refleti, e comecei a desenhar rodinhas e círculos sobre o rosto do professor bravo até que ele se parecesse com um arbusto queimando ou um cometa em chamas – enfim, um fantasma sem aparência ou valor humano. O professor agora não passava de um feixe de galhos no topo de Hampstead Heath. Logo a minha própria raiva seria explicada e erradicada, mas a curiosidade permanecia. Como explicar a raiva dos professores? Por que eles estavam com raiva? Pois quando se analisava a impressão deixada por esses livros havia sempre um elemento de exasperação. Essa exasperação adquiria muitas formas; ela se apresentava como sátira, opinião, curiosidade, reprovação. Mas havia um outro elemento que estava sempre presente e não podia ser identificado imediatamente. Eu o chamava de raiva. Mas foi a raiva que se infiltrou no subsolo e se misturou com todos os outros tipos de emoções. Julgando por seus efeitos, era uma raiva dissimulada e complexa, não uma raiva simples e declarada.

Qualquer que fosse a razão, todos esses livros, eu pensei, observando a pilha sobre a mesa, não têm valor algum para os meus propósitos. Eles eram cientificamente inúteis, para dizer a verdade, embora estivessem humanamente cheios de instrução, interesse, tédio e fatos muito estranhos sobre os costumes das habitantes das Ilhas Fiji. Eles tinham sido escritos sob a luz escarlate da emoção e não sob a luz branca da verdade. Portanto, eles têm de ser devolvidos à mesa central e recolocados cada um em seu nicho na enorme colmeia. Tudo que eu tinha absorvido daquela manhã de trabalho havia sido a informação sobre a raiva. Os professores – coloquei todos em um mesmo grupo – tinham raiva. Mas por que, me perguntei, ao devolver os livros, por que, repeti, de pé embaixo da colunata entre as pombas e as canoas pré-históricas, por que eles têm raiva? E, me fazendo essa pergunta, fui andando para procurar um lugar para almoçar. Qual é a real natureza do que eu chamo no momento de 'a raiva deles'? Perguntei. Aqui estava um enigma que duraria todo o tempo que demora para ser servida a comida em um pequeno restaurante em algum lugar próximo ao Museu Britânico. Algum cliente anterior havia deixado a edição da hora do almoço do jornal da tarde sobre uma cadeira e, esperando ser atendida, comecei a ler as manchetes distraidamente. Uma linha de letras bem grandes atravessava a página. Um ótimo resultado havia sido obtido na África do Sul. Menos linhas anunciavam que Sir Austen Chamberlain estava em Genebra. Um cutelo com cabelo humano havia sido encontrado em um porão. O senhor juiz --- fez observações no Fórum de Divórcio sobre a falta de vergonha das mulheres. Havia outras notícias espalhadas pelo jornal. Uma atriz de cinema havia caído de um pico na Califórnia e ficado pendurada no ar.

O tempo ficaria nebuloso. O mais efêmero visitante neste planeta, pensei, que pegasse esse jornal não deixaria de saber, mesmo por esse disperso testemunho, que a Inglaterra estava sob as normas de um patriarcado. Ninguém em plena consciência deixaria de detectar a supremacia do professor. Eram dele o poder, o dinheiro e a influência. Ele era o proprietário do jornal e seu editor e subeditor. Ele era o Secretário de Relações Exteriores e o juiz. Ele era o jogador de críquete; ele era o dono dos cavalos de corrida e dos iates. Ele era o diretor da empresa que paga duzentos por cento a seus acionistas. Ele doou milhões à caridade e a faculdades que eram administradas por ele mesmo. Ele suspendeu a atriz de cinema no ar. Ele irá decidir se o cabelo no cutelo é humano; é ele quem irá absolver ou condenar o assassino, ou enforcá-lo, ou deixá-lo livre. Com exceção da neblina, ele parecia controlar tudo. Ainda assim, ele tinha raiva. Eu sabia que ele tinha raiva por seu testemunho. Quando li o que ele escreveu sobre as mulheres, eu pensei não sobre o que ele estava escrevendo, mas sobre ele em si. Quando um debatedor debate desapaixonadamente ele só pensa no debate, e o leitor não consegue evitar pensar no debate também. Se ele tivesse escrito sobre as mulheres desapaixonadamente, se tivesse usado provas incontestáveis para defender seu raciocínio e não tivesse mostrado qualquer traço de que desejava que o resultado fosse uma coisa e não outra, ninguém teria ficado com raiva também. Ter-se-ia aceitado o fato, como se aceita o fato de que a ervilha é verde ou de que o canário é amarelo. Que assim seja, eu deveria ter dito. Eu havia ficado com raiva porque ele havia ficado com raiva. Embora parecesse absurdo, pensei, voltando ao jornal, que um homem com todo o seu poder ficasse com raiva. Ou é a raiva, imaginei, que de alguma forma é o duende familiar e hospedeiro do poder? Os ricos, por exemplo, estão quase sempre com raiva porque suspeitam que os pobres querem tomar sua riqueza. Os professores, ou patriarcas, como deve ser mais preciso chamá-los, podem ficar com raiva parcialmente por essa razão, mas parcialmente por uma outra um pouco menos óbvia. Talvez eles não estivessem de fato 'com raiva'. Na verdade, frequentemente eles eram admiráveis, devotados, exemplares em suas relações na vida privada. Quando o professor insistiu um pouco enfático demais sobre a inferioridade das mulheres, talvez ele não estivesse preocupado com a inferioridade delas, mas com sua própria superioridade. Era isso que ele estava protegendo acaloradamente e com muita ênfase, porque ela era uma joia de valor inestimável para ele. A vida para ambos os sexos – e eu olhava para eles, abrindo caminho para eles pela calçada – é árdua, difícil, uma luta infinita. Exige enorme coragem e força. Mais do que tudo, talvez, criaturas da ilusão, como somos, exige confiança em nós mesmos. Sem autoconfiança, somos como bebês no berço. E como conseguimos gerar essa qualidade imponderável, que é também inestimável, mais rapidamente? Pensando que outras pessoas são inferiores a nos. Pensando que temos uma espécie de superioridade inata – pode ser riqueza, posição social, nariz reto ou o retrato do avô feito por Romney, já que não há limites para os recursos patéticos da imaginação humana – sobre outras pessoas. Daí a enorme importância para o patriarca que tem que conquistar, que tem que governar, de sentir que muitas pessoas, praticamente a metade da raça humana, são por natureza inferiores a ele. Deve ser, na verdade, uma das principais fontes de poder para ele. Mas deixe-me voltar à vida real sob a luz dessa observação, pensei. Ajuda explicar alguns daqueles enigmas psicológicos que se nota à margem da vida diária? Isso explica a minha perplexidade um dia desses quando Z, muito humano, um homem muito modesto, pegando um certo livro de Rebbeca West e lendo uma passagem dele, exclamou 'Uma completa feminista! Ela diz que os homens são arrogantes!'? A exclamação, muito surpreendente para mim – pois por que seria a senhoria West uma completa feminista por fazer uma declaração possivelmente verdadeira mesmo que desfavorável sobre o outro sexo? – não era simplesmente o grito de uma vaidade ferida; era um protesto contra alguma violação do seu poder de acreditar em si mesmo. Por todos esses séculos, as mulheres serviram como espelhos possuidores da mágica e do poder delicioso de refletir a figura do homem com o dobro do seu tamanho natural. Sem aquele poder, provavelmente a terra ainda seria coberta por pântanos e selvas. As glórias de todas as nossas guerras seriam desconhecidas. Ainda estaríamos rabiscando os contornos de um cervo sobre os restos de ossos de carneiros e fazendo escambo de sílex por pele de ovelha ou qualquer outro ornamento simples que atendesse ao nosso gosto pouco sofisticado. Super-homens e Dedos do Destino[8] nunca teriam existido. O Czar e o Kaiser nunca teriam usado coroas e depois as perdido. Qualquer que seja sua aplicação nas sociedades civilizadas, espelhos eram essenciais para toda ação violenta e heroica. É por isso que Napoleão e Mussolini ambos insistem tão enfaticamente na inferioridade das mulheres, pois se elas não fossem inferiores, elas parariam de aumentar. Em partes, isso serve para explicar a necessidade que as mulheres constituem para os homens. E serve para explicar quão inquietos eles ficam sob as críticas delas; quão impossível é para elas dizer a eles que esse livro é ruim, que essa imagem é frágil, ou o que quer que

8 No original Fingers of Destiny. Existe um filme inglês chamado *The Finger of Destiny*, de 1914, mas no texto não fica claro se é realmente ao filme que ela se refere. Há também um livro de contos de Edmund Snell chamado *The Finger of Destiny and Other Stories*, publicado em 1938, ou seja, após as palestras de Virginia Woolf que serviram de base para *Um Teto Todo Seu*. (N. da T.)

seja, sem gerar muito mais dor e incitar muito mais raiva do que um homem teria se fizesse a mesma crítica. Porque se a mulher começa a dizer a verdade, a figura no espelho encolhe, sua aptidão para a vida é reduzida. Como o homem pode continuar a fazer julgamentos, civilizar os selvagens, criar leis, escrever livros, se vestir, discursar em banquetes, sem que ele se veja no café da manhã e no jantar com no mínimo o dobro do tamanho que tem de verdade? Assim eu fui refletindo, esmigalhando meu pão e mexendo meu café e às vezes olhando para as pessoas na rua. A visão no espelho é de extrema importância porque muda a vitalidade, estimula o sistema nervoso. Exclua-a e o homem morre, como o demônio da droga quando é privado de sua cocaína. Sob a magia daquela ilusão, pensei, olhando pela janela, metade das pessoas na calçada estão se dirigindo ao trabalho. Elas colocam seus chapéus e casacos de manhã sob agradáveis raios de luz. Elas começam o dia confiantes, seguras, acreditando que são desejadas no chá da senhorita Smith; elas dizem a si mesmas enquanto adentram o local 'Sou superior à metade das pessoas aqui', e é assim que elas falam com aquela autoconfiança, aquela assertividade, que teve consequências tão profundas na vida pública e leva a notas bastante interessantes na margem da mente privada.

Mas essas contribuições para um perigoso e fascinante assunto da psicologia do outro sexo – um que eu espero que vocês investiguem quando receberem quinhentas libras por ano vocês mesmas – foram interrompidas pela necessidade de pagar a conta. Totalizou cinco xelins e nove centavos. Dei ao garçom uma nota de dez xelins[9] e ele foi buscar o troco. Havia outra nota de

9 Xelim era uma moeda utilizada na Inglaterra antes da adoção de um novo sistema em 1971. Uma moeda de um xelim correspondia a doze centavos antigos. Com o novo sistema, a moeda de um xelim foi substituída pela de cinco centavos. (N. da T.)

dez xelins na minha bolsa. Eu notei porque é um fato que ainda tira meu fôlego o poder da minha bolsa de produzir notas de dez xelins automaticamente. Eu a abro e lá estão as notas. A sociedade me fornece frango e café, cama e abrigo, em troca de um certo número de pedaços de papel deixados para mim por uma tia, somente por essa razão eu compartilho o nome dela.

Minha tia, Mary Beton, devo contar a vocês, morreu ao cair de seu cavalo enquanto saía para tomar um ar em Bombay. A notícia da minha herança chegou a mim uma noite por volta da mesma hora em que foi aprovado o direito das mulheres ao voto. Uma carta de um advogado apareceu no correio e quando a abri descobri que ela havia me deixado quinhentas libras por ano para o resto da vida. Entre os dois – o voto e o dinheiro – o dinheiro, que possuo, parecia infinitamente o mais importante. Antes disso, eu havia ganhado a vida mendigando empregos estranhos a jornais, escrevendo sobre uma exposição de jumentos aqui e um casamento ali; havia ganhado algumas libras colocando endereços em envelopes, lendo para velhas senhoras, fazendo flores artificiais, ensinando o alfabeto para crianças pequenas em um jardim da infância. Eram essas as principais ocupações que estavam disponíveis para mulheres antes de 1918. Receio que eu não precise descrever em detalhes as adversidades desses trabalhos, pois vocês talvez conheçam mulheres que os tenham realizado, nem a dificuldade de viver com o dinheiro que se ganha, pois vocês devem ter tentado. Mas o que ainda permanece comigo como uma imposição pior do que tudo era o veneno do medo e a amargura que aqueles dias fizeram brotar em mim. Para começar, era sempre estar fazendo o trabalho que outra pessoa não quis e fazê-lo como uma escrava, bajulando e adulando, nem sempre talvez, mas pareceu necessário, e o que estava em jogo era grande demais para correr riscos. E então o pensamento daquela dádiva que seria mortal esconder – pequeno, mas caro a quem o possui – perecendo e com ele meu eu, minha alma. Tudo isso se tornou ferrugem que consome a flor da primavera, destruindo a árvore em seu âmago. Entretanto, como eu disse, minha tia morreu, e sempre que eu troco uma nota de dez xelins um pouco daquela ferrugem e corrosão é removida, o medo e a amargura se vão. Na verdade, pensei, guardando a moeda na minha bolsa, é notável, me lembrando da amargura daqueles dias, que mudança de humor uma renda fixa pode ocasionar. Força nenhuma no mundo pode tirar de mim minhas quinhentas libras. Comida, casa e roupas são minhas para sempre. Portanto, não apenas o esforço e o trabalham cessam, mas também o ódio e a amargura. Não preciso odiar nenhum homem; eles não podem me ferir. Não preciso bajular nenhum homem; eles não têm nada para me dar. Então, sem perceber, me vi adotando uma nova atitude para com o outro sexo da raça humana. Era absurdo culpar qualquer classe, ou sexo, como um todo. Grandes grupos de pessoas nunca são responsáveis pelo que elas fazem. Elas são guiadas por instintos que não estão sob seu controle. Eles também, os patriarcas, os professores, tiveram infinitas dificuldades, terríveis obstáculos com os quais lidar. A educação deles, de certa forma, foi tão falha quanto a minha. Produziu neles danos muito grandes. É verdade que eles tinham dinheiro e poder, mas às custas de abrigar em seus peitos uma águia, um abutre, para sempre dilacerando seus fígados e bicando seus pulmões – o instinto da posse, a fúria da aquisição, que os move a desejar o espaço e os bens de outras pessoas perpetuamente; a construir fronteiras e fincar bandeiras; a batalhas e gases venenosos; a oferecer suas próprias vidas e as vidas de seus filhos. Caminhem pelo Almiralty Arch (eu tinha chegado a esse monumento), ou qualquer outra avenida entregue a troféus e canhões, e reflitam sobre o tipo de glória celebrada lá.

Ou observem à luz da primavera o corretor da bolsa ou o advogado entrar para fazer dinheiro e mais dinheiro e mais dinheiro quando é um fato que quinhentas libras por ano mantêm a pessoa viva sob o sol. Esses são instintos indesejáveis para abrigar, eu considerei. Eles são gerados a partir de condições de vida, da falta de civilização, eu pensei, olhando para a estátua do Duque de Cambridge, e em particular para as penas em seu chapéu em riste, com uma fixação que eles nunca receberam antes. E, quando eu percebi esses obstáculos, aos poucos o medo e a amargura se transformaram em compaixão e tolerância. E então, em um ou dois anos, compaixão e tolerância teriam ido embora, e o maior alívio de todos viria, que é a liberdade de pensar nas coisas pelo que elas são. Aquele prédio, por exemplo, gosto dele ou não? Aquele quadro é bonito ou não? Na minha opinião aquele livro é bom ou ruim? Na verdade, a herança de minha tia revelou o céu para mim, e o substituiu por uma figura grande e imponente de um senhor, que Milton recomendou para minha adoração eterna, a visão de céu aberto.

Pensando e especulando assim, achei meu caminho para minha casa à margem do rio. Luzes estavam sendo acesas e uma mudança indescritível tinha tomado Londres desde o início da manhã. Era como se a grande máquina depois de trabalhar o dia todo tivesse criado, com nossa ajuda, uns poucos metros de algo muito bonito e estimulante – um tecido selvagem brilhando com olhos vermelhos, um monstro fulvo rugindo com hálito quente. Mesmo o vento parecia balançar como uma bandeira enquanto açoitava as casas e agitava os tapumes.

Na minha pequena rua, todavia, a domesticidade prevalecia. O pintor de casa estava descenda de sua escada; a babá estava empurrando um carrinho cuidadosamente para o chá da tarde; o carvoeiro estava dobrando sacos vazios um em cima do outro; a dona da quitanda estava somando as vendas do dia com as mãos em luvas vermelhas sem dedos. E tão absorvida estava eu com o problema que vocês me colocaram sobre os ombros que nem consegui olhar para essas cenas corriqueiras sem relacioná-las com algo em comum. Eu pensei em como era muito mais difícil agora do que teria sido séculos atrás dizer qual desses empregos era o mais elevado, o mais necessário. É melhor ser um carvoeiro ou uma babá? A arrumadeira que criou oito filhos tem menos valor para o mundo do que o advogado que acumulou centenas de milhares de libras? É inútil fazer tais perguntas, pois ninguém as pode responder. Não apenas os valores comparativos das arrumadeiras e dos advogados sobem e descem de uma década para a outra, como também não possuímos uma barra para medi-los mesmo do jeito que são no momento. Eu fui tola de pedir a meu professor para me fornecer 'provas incontestáveis' disso e daquilo em seu argumento sobre as mulheres. Nem se alguém conseguisse estabelecer o valor de qualquer dom no momento, aqueles valores mudariam; no período de um século eles teriam muito provavelmente mudado completamente. Além do mais, em cem anos, pensei, ao chegar à porta de casa, a mulheres não serão mais o sexo protegido. Logicamente, elas tomarão parte em todas as atividades e esforços que um dia lhes foram negados. A babá irá carregar carvão. A quitandeira irá conduzir uma máquina. Todas as suposições fundadas nos fatos observados quando as mulheres eram o sexo protegido terão desaparecido – como, por exemplo (aqui um pelotão descia a rua marchando), que mulheres, clérigos e jardineiros vivem mais que as outras pessoas. Removam essa proteção, exponham-nas aos mesmos esforços e atividades, transformem-nas em soldadas, marinheiras, condutoras de máquinas e estivadoras, e as mulheres morrerão mais jovens, mais rápido que os homens, de forma que alguém irá dizer “Eu vi uma mulher hoje” como se costumava dizer “Eu vi um avião”. Qualquer coisa pode vir a ser possível quando a condição feminina tiver deixado de ser uma ocupação protegida, pensei ao abrir a porta. Mas qual a influência de tudo isso sobre o assunto do meu artigo, “Mulheres e Ficção”?, perguntei ao entrar em casa.

TRÊS

Foi decepcionante não ter trazido para casa à noite alguma declaração importante, algum fato autêntico. As mulheres são mais pobres que os homens por causa ... disso e daquilo. Talvez agora fosse melhor desistir da procura pela verdade, e levar na cabeça uma avalanche de opiniões quentes como lava, descoradas como água de lavar pratos. Seria melhor fechar as cortinas, impedir todas as distrações, acender o abajur, afunilar o questionamento e pedir ao historiador, que grava não opiniões mas fatos, que descrevesse sob quais condições as mulheres viviam, não através das diferentes épocas, mas na Inglaterra, digamos, da era elisabetana.[10]

É um enigma perene entender por que nenhuma mulher escreveu uma só palavra daquela literatura extraordinária quando todos os homens, pelo que parece, foram capazes de canções e

10 O período elisabetano compreende o reinado de Elizabeth I na Inglaterra, de 1558 a 1603. Foi uma época de grande florescimento da literatura e do teatro, principalmente com a obra de William Shakespeare (1564-1616). (N. da T.)

sonetos. Quais eram as condições em que as mulheres viviam? Me perguntei, já que a ficção, o trabalho criativo que é, não cai no chão como uma pedra, como pode ocorrer com a ciência. A ficção é como uma teia de aranha, tecida de forma talvez muito leve, mas ainda assim ligada à vida por todas as suas quatro pontas. Com frequência essa ligação mal é perceptível. As peças de Shakespeare, por exemplo, parecem que ficam penduradas lá completas por si só. Mas quando a teia é colocada de esguelha, enganchada pela beira, virada ao meio, alguém se lembra que essas teias não são giradas no ar por criaturas imateriais, mas são o trabalho de seres humanos sofredores, e estão ligadas grosseiramente a coisas imateriais, como saúde e dinheiro e as casas em que vivemos.

Me dirigi, então, à prateleira onde ficam as histórias e peguei um dos volumes mais recentes, *História da Inglaterra*, do professor Trevelyan. Mais uma vez procurei por 'mulheres', e encontrei 'posição das' e fui até as páginas indicadas. "Bater na mulher", eu li, "era um direito reconhecido do homem, e foi praticado sem embaraço tanto por ricos quanto por pobres... "Da mesma forma", continua o historiador, "a filha que se recusasse a se casar com um cavalheiro da escolha de seus pais era passível de ser trancafiada, agredida e jogada em um quarto, sem infligir qualquer choque à opinião pública. Casamento não era um assunto de afeição pessoal, mas de interesse familiar, principalmente no caso das classes altas 'cavalheirescas'. O compromisso sempre acontecia enquanto uma ou ambas as partes estavam ainda no berço e o casamento, depois que eles mal tinham saído dos cuidados das babás". Isso foi por volta de 1470, logo após a época de Chaucer. A próxima referência à posição das mulheres ocorre cerca de duzentos anos depois, na era dos Stuarts. "Ainda era exceção para as mulheres das classes altas e médias escolherem seus próprios maridos, e quando o marido havia sido designado, ele era seu senhor e mestre, pelo menos até onde a lei e os costumes garantissem. Ainda assim", conclui o professor Trevelyan, "nem as mulheres de Shakespeare nem aquelas de autênticas memórias do século dezessete, como as Verneys e as Hutchinsons, pareciam destituídas de personalidade e caráter". Certamente, se considerarmos esse comentário, Cleópatra tinha um poder de persuasão; Lady Macbeth, pode-se supor, tinha vontade própria; Rosanlinda, é possível concluir, era uma garota atraente. O professor Trevelyan não diz mais que a verdade quando ele observa que as mulheres de Shakespeare não pareciam destituídas de personalidade e caráter. Mesmo sem ser um historiador, alguém poderia ir além e dizer que as mulheres reluzem como faróis em todos os trabalhos de todos os poetas desde o início dos tempos – Clitemnestra, Antígona, Cleópatra, Lady Macbeth, Fedra, Créssida, Rosalinda, Desdêmona, Duquesa de Malfi, entre os dramaturgos; e entre os autores de prosa: Millamant, Clarissa, Becky Sharp, Anna Karenina, Emma Bovary, Madame de Guermantes – os nomes pululam na cabeça, e eles também não lembram mulheres "desprovidas de personalidade e caráter". Na verdade, se as mulheres não tivessem existido exceto na ficção criada por homens, seria possível imaginá-las pessoas da maior importância; com muita diversidade; heroicas e mesquinhas; esplêndidas e sórdidas; infinitamente bonitas e hediondas ao extremo; tão grandes quanto os homens, alguns diriam ainda maiores.[11] Mas isso é a mulher na ficção. De fato,

11 "Permanece sendo um fato estranho e bastante inexplicável que na cidade de Atenas, onde as mulheres eram mantidas quase em uma repressão oriental como odaliscas ou escravas, os palcos tenham ainda assim produzido figuras como Clitemnestra, Cassandra, Atossa, Antígona, Fedra e Medeia, e todas as outras heroínas que dominam peça após peça do 'misógino' Eurípedes. Mas o paradoxo desse mundo em que na vida real uma mulher respeitável

como aponta o professor Trevelyan, ela foi trancafiada, agredida e jogada em um quarto.

Um ser muito estranho e multifacetado, assim, emerge. Criativamente, ela é da maior importância; mas na prática é completamente insignificante. Ela permeia a poesia de uma ponta a outra; ela é tudo menos ausente da história. Ela domina as vidas de reis e conquistadores na ficção; na verdade, ela foi a escrava de qualquer garoto cujos pais colocaram uma aliança à força em seu dedo. Algumas das palavras mais inspiradoras, alguns dos pensamentos mais profundos sobre literatura saem de seus lábios; na vida real ela mal podia ler, pouco podia soletrar e era propriedade de seu marido.

Foi certamente um monstro bizarro aquele criado por ler primeiro os historiadores e os poetas depois – um verme alado como uma águia; o espírito da vida e da beleza em uma cozinha cortando sebo. Mas esses monstros, apesar de divertidos para a imaginação, não existem de fato. O que se devia fazer para trazê-la à vida era pensar poeticamente e prosaicamente de uma só vez, mantendo assim contato com o fato – que ela é a senhora Martin, trinta e seis anos, vestida de azul, usando um chapéu preto e sapatos marrons; mas sem perder a ficção de vista – que ela é um recipiente no qual todos os escopos de espíritos e forças

---

mal podia mostrar seu rosto sozinha na rua, mas nos palcos uma mulher se igualava ou superava o homem, nunca foi satisfatoriamente explicado. Na tragédia moderna existe a mesma predominância. Em todos os acontecimentos, uma pesquisa muito superficial da obra de Shakespeare (assim como Webster, embora não como Marlowe ou Jonson) basta para revelar como essa dominação, essa iniciativa das mulheres, persiste de Rosalinda a Lady Macbeth. O mesmo acontece em Racine: seis de suas tragédias levam os nomes de suas heroínas; e quais nomes masculinos de sua obra devemos comparar a Hermione e Andrômaca, Berenice e Roxane, Fedra e Atália? O mesmo com Ibsen: quais homens devemos combinar com Solveig e Nora, Heda e Hilda Wangel e Rebbeca West?", F. L. Lucas, *Tragedy*, pp. 114-15. (N. da A.)

estão circulando e reluzindo eternamente. O momento, todavia, em que alguém tenta esse método com a mulher elisabetana, uma linha de iluminação falha; outra é mantida pela escassez de fatos. Não se sabe nada em detalhes, nada perfeitamente verdadeiro e substancial sobre ela. A história mal a menciona. E eu recorri ao professor Trevelyan de novo para ver o que a história significava para ele. Ao observar os títulos dos seus capítulos, descobri que significavam:

'O Tribunal Superior e os Métodos de Agricultura a Céu Aberto.... Os Cistercienses e a criação de ovelhas... As Cruzadas... A Universidade... A Câmara dos Comuns... A Guerra dos Cem Anos ... A Guerra das Rosas... Os Eruditos da Renascença... A Dissolução dos Monastérios ... Batalha Agrária e Religiosa ... A Origem do Poder Marítimo Inglês... A Armada...' e assim por diante. Uma mulher individualmente é mencionada ocasionalmente, uma Elizabeth, uma Mary; uma rainha ou nobre importante. Mas de nenhuma maneira possível poderiam mulheres das classes médias sem nada além de cérebros e caráter à sua disposição ter tomado parte em qualquer um dos grandes movimentos que, de forma conjunta, constituem a visão do passado que tem o historiador. Nem a encontraremos em uma coleção de historietas. Aubrey mal a menciona. Ela nunca escreve sobre sua própria vida e raramente mantém um diário. Só existe um punhado de cartas suas. Ela não deixou nenhuma peça ou poema pelos quais possamos julgá-la. O que se deseja, pensei – e por que um aluno brilhante na Newnham ou Girton não a fornece? – é informação em massa: com que idade ela se casou; de quantos filhos cuidou; como era sua casa, ela tinha um quarto só para ela; era ela que cozinhava ou estaria propensa a ter uma criada? Toda essa informação estava em algum lugar, supostamente, em registros paroquiais ou livros de anotações; a vida da mulher elisabetana média deve estar espalhada por aí em algum lugar, de forma que alguém poderia recolhê-la e escrever um livro sobre isso. Seria ambicioso além do que posso ousar, pensei, vasculhando as prateleiras a procura de livros que não estavam lá, sugerir aos alunos daquelas famosas faculdades que reescrevessem a história, embora eu soubesse que sempre parecia um pouco estranho do jeito que é, irreal, desigual; mas por que eles não deveriam adicionar um complemento à história, chamando-o, é claro, de algum nome discreto para que as mulheres possam lá aparecer sem causar inconveniência? Pois sempre se consegue um vislumbre delas pela vida dos grandes, fugindo para o segundo plano, penso às vezes que escondendo uma piscadela, uma risada, talvez uma lágrima. E, afinal, temos vidas suficientes de Jane Austen; nem parece necessário considerar novamente a influência das tragédias de Joanna Baille sobre a poesia de Edgar Allan Poe. Quanto a mim, eu não deveria me importar se as casas e o refúgio de Mary Russell Mitford estiveram fechados ao público por um século no mínimo. Mas o que eu considero deplorável, continuei, vasculhando as estantes novamente, é que nada se sabe sobre as mulheres antes do século XVIII. Não possuo nenhum modelo na cabeça a que recorrer de uma forma ou de outra. Aqui estou eu perguntando por que as mulheres não escreveram poesia na era elisabetana, e não tenho certeza como elas foram instruídas, se foram ensinadas a escrever, se elas possuíam uma sala de estar só para elas, quantas mulheres tiveram filhos antes dos vinte e um anos de idade, o que, em resumo, elas faziam das oito da manhã até as oito da noite. Elas não tinham dinheiro, evidentemente. De acordo com o professor Trevelyan elas se casavam, gostassem ou não, antes que saíssem dos cuidados das babás, aos quinze ou dezesseis anos muito provavelmente. Teria sido extremamente estranho, mesmo após essa demonstração, se alguma delas tivesse escrito as peças de Shakespeare, concluí, e pensei naquele velho cavalheiro, que está morto agora, mas que foi um bispo, acho, que declarou que era impossível para qualquer mulher, do passado, do presente, ou ainda a nascer, ter a genialidade de Shakespeare. Ele escreveu nos jornais sobre isso. Ele também disse a uma senhora que lhe pediu informações que os gatos, na verdade, não vão para o céu, embora tenham, ele acrescentou, algum tipo de alma. Quantas opiniões esses cavalheiros tinham para poder salvar uma! Como as fronteiras da ignorância se encolhiam quando eles se aproximavam! Gatos não vão para o céu. Mulheres não podem escrever as peças de Shakespeare.

Seja como for, eu não conseguia deixar de pensar, enquanto observava as obras de Shakespeare na prateleira, que o bispo estava certo pelo menos nisso: teria sido impossível, completa e totalmente impossível, para qualquer mulher ter escrito as peças de Shakespeare na época de Shakespeare. Imaginemos, já que os fatos são tão difíceis de obter, o que teria acontecido se Shakespeare tivesse tido uma irmã maravilhosamente talentosa, chamada, digamos, Judith. Muito provavelmente, Shakespeare frequentou a escola de gramática,[12] onde ele deve ter aprendido latim – Ovídio, Virgílio, Horácio – e a base de gramática e lógica. Ele foi, é bem sabido, um garoto rebelde que caçava coelhos, talvez tenha atirado em um cervo, e teve que se casar, mais cedo do que deveria, com uma mulher da vizinhança, que lhe deu um filho mais rápido do que seria o certo. Esse deslize fez com que fosse procurar fazer fortuna em Londres. Parecia que

12 *Grammar school*, no original em inglês, era um tipo de escola no Reino Unido que tinha por objetivo ensinar latim. Depois incluiu grego antigo e mais tarde inglês e outras línguas europeias, além de ciências, matemática, história e geografia. No século XIX foram reorganizadas para oferecer o ensino secundário para a toda a Inglaterra e o País de Gales. (N. da T.)

tinha uma predileção pelo teatro; começou lidando com os cavalos na entrada do palco. Muito rápido conseguiu trabalho nas peças, tornou-se um ator bem sucedido e viveu no centro desse universo, encontrando todo mundo, conhecendo todo mundo, praticando sua arte nos palcos, exercendo sua perspicácia nas ruas, e até tendo acesso ao palácio da rainha. Enquanto isso, sua irmã extraordinariamente talentosa, suponhamos, permaneceu em casa. Ela era tão aventureira, tão criativa, tão ansiosa para conhecer o mundo quanto ele era. Mas ela não foi à escola. Não teve nenhuma oportunidade de aprender gramática e lógica, muito menos de ler Horário e Virgílio. Ela pegava um livro de vez em quando, um dos de seu irmão talvez, e lia algumas páginas. Mas então seus pais apareciam e diziam para ela ir costurar umas meias ou ficar de olho no cozido e não se distrair com livros e jornais. Eles teriam falado assertivamente, mas com delicadeza, pois eram pessoas sérias que conheciam as condições de vida para uma mulher e amavam sua filha – na verdade, mais provável era que ela fosse a menina dos olhos do pai. Talvez ela rabiscasse algumas páginas na casa de campo secretamente, mas fosse cuidadosa o bastante para escondê-las e queimá-las. Logo, entretanto, antes que saísse da adolescência, ela seria prometida ao filho de algum negociante de lã. Ela gritaria que o casamento era algo odioso para ela, e por isso teria severamente apanhado de seu pai. Então, ele pararia de repreendê-la. Em vez disso, imploraria para ela não o magoar, não o envergonhar no tocante ao casamento. Ele daria a ela um colar de contas ou uma anágua, ele disse; havia até lágrimas em seus olhos. Como ela poderia desobedecê-lo? Como ela poderia feri-lo? A própria força de seu talento a levou a isso. Ela juntou uma parte dos seus pertences, desceu por uma corda em uma noite de verão e pegou a estrada para Londres. Ela ainda não tinha dezessete anos. Os pássaros que cantavam na sebe não eram mais musicais que ela. Ela tinha a imaginação mais rápida, um talento como o de seu irmão, para a melodia das palavras. Como ele, ela gostava do teatro. Ficou parada na porta do teatro. Queria atuar, ela disse. Os homens riram na sua cara. O gerente – um homem gordo com os lábios caídos – gargalhou. Ele berrou algo sobre poodles dançando e mulheres atuando – nenhuma mulher, ele disse, podia de fato ser atriz. Ele sugeriu...vocês podem imaginar o quê. Ela não poderia ser treinada em seu ofício. Ela poderia pelo menos conseguir jantar em uma taverna ou perambular pelas ruas à meia-noite? No entanto, seu talento era para a ficção e ela desejava se nutrir de forma abundante sobre os hábitos de homens e mulheres e o estudo de suas maneiras. Finalmente – porque ela era muito jovem, e estranhamente se parecia com o poeta Shakespeare, com os mesmos olhos cinzas e a testa arredondada – finalmente, o ator-gerente Nick Greene teve pena dela; ela acabou tendo um filho desse homem e então – quem irá calcular o ardor e a força do coração de poeta quando preso e emaranhado no corpo de uma mulher? – se matou em uma noite de inverno e jaz em algum cruzamento onde os ônibus hoje fazem parada do lado de fora da Elephant and Castle.

Isso é, mais ou menos, como eu imagino que a história seria se uma mulher da época de Shakespeare tivesse tido a genialidade de Shakespeare. Quanto a mim, eu concordo com o falecido bispo, se é que ele foi um bispo mesmo – é impensável que qualquer mulher nos dias de Shakespeare tivesse tido sua inventividade. Pois inventividade como a de Shakespeare não nasce em meio a pessoas que trabalham, sem instrução e servis. Ela não nasceu na Inglaterra entre os Saxões e os Bretões. Ela não nasce hoje em meio à classe operária. Como, então, ela poderia ter nascido entre as mulheres cujo trabalho começou, de acordo com o professor Trevelyan, um pouco antes de elas se livrarem das babás, que foram forçadas a isso por seus pais e ficaram presas a isso devido ao poder da lei e dos costumes? Embora gênios de alguma espécie devam ter existido entre as mulheres como devem ter existido entre as classes trabalhadoras. De vez em quando uma Emily Brontë ou um Robert Burns brilha e marca sua presença. Mas certamente nunca foi registrada em papel. Quando, todavia, se lê sobre uma bruxa que desaparece, ou sobre uma mulher possuída por demônios, ou sobre uma mulher sábia vendendo ervas, ou mesmo sobre um homem notável que teve uma mãe, então acho que estamos na pista de um romancista perdido, um poeta reprimido, de alguma Jane Austen muda e inglória, alguma Emily Brontë que jogou sua inteligência pela charneca ou esfregou e aparou as estradas louca com a tortura que seu dom lhe havia causado. De fato, eu ousaria adivinhar que Anon, que escreveu tantos poemas sem cantá-los, era uma mulher. Era uma mulher que Edward Fitzgerald, acho, sugeriu que tenha criado as baladas e as canções populares, cantando-as para seus filhos, distraindo sua costura com elas, ou a duração de uma noite de inverno.

Isso pode ser verdade ou pode ser mentira – quem é capaz de dizer? – mas o que tem de verdade nisso, assim me parece, revisitando a história da irmã de Shakespeare como eu tinha feito, é que qualquer mulher nascida com um grande dom no século XVI teria com certeza enlouquecido, se matado com um tiro ou terminado seus dias em alguma casa de campo, meio bruxa, meio maga, temida e ridicularizada. É necessária pouca habilidade em psicologia para se assegurar que uma garota altamente talentosa que tenha tentado usar seu talento para a poesia teria sido tão impedida e prejudicada por outras pessoas, tão torturada e jogada de lado por seus próprios instintos contrários, que ela com certeza deve ter perdido sua saúde física e mental. Nenhuma garota poderia ter caminhado até Londres e ficado parada na entrada de um palco e aberto caminho na presença de atores-gerentes sem ter causado a si mesma violência e sofrido uma angústia que podem ter sido irracionais – pois a castidade pode ser um fetiche inventado por certas sociedades devido a razões desconhecidas – mas, por outro lado, inevitáveis. A castidade tinha então, e tem até hoje, importância religiosa na vida de uma mulher, e por isso se cobriu de resistência e instintos de forma que libertá-la e trazê-la à luz do dia exige coragem das mais raras. Ter tido uma vida livre em Londres no século XVI teria resultado para uma mulher que fosse poeta ou dramaturga um estresse e um dilema que poderiam muito bem a ter matado. Se ela tivesse sobrevivido, o que quer que tivesse escrito teria sido revirado e distorcido, saindo de uma imaginação hedionda e mórbida. E, indubitavelmente, pensei olhando para a prateleira onde não há peças escritas por mulheres, seu trabalho não teria tido assinatura. Com certeza ela teria procurado aquele refúgio. Era a relíquia do senso de castidade que ditava o anonimato a mulheres mesmo no mais recente século XIX. Currer Bell, George Eliot, George Sand,[13] todas vítimas de uma batalha interna como seus escritos provam, incentivadas ineficazmente a encobrir suas identidades usando o nome de um homem. Assim, elas prestaram uma homenagem à convenção, que se não foi implantada pelo outro sexo foi deliberadamente encorajada por eles (a maior glória de uma mulher não é que falem dela, disse Péricles, ele mesmo um homem de quem muito se falou) que a publicidade é abominável para as mulheres. O anonimato está no sangue delas. O desejo de serem encobertas

13 Era comum escritoras mulheres adotarem pseudônimos masculinos para suas obras terem mais credibilidade e conseguirem ser publicadas. George Eliot era Mary Ann Evans (1819-1880), Currer Bell era Charlotte Brontë (1816-1855) e George Sand era Amandine Aurore Lucile Dupin (1804-1876). (N. da T.)

ainda as possui. Nem mesmo agora elas estão tão preocupadas com a saúde de sua fama quanto os homens estão, e, em geral, passa por uma lápide ou uma placa sem sentir um desejo irresistível de gravar seus nomes ali, como Alf, Bert ou Chas devem fazer em obediência a seu instinto, que murmura se vê uma bela mulher passar, ou até um cachorro, *ce chien est a moi.*[14] E, claro, pode não ser um cachorro, pensei, lembrando da Parliament Square, a Sieges Allee e outras avenidas; pode ser um pedaço de terra ou um homem com cabelo preto encaracolado. Uma das grandes vantagens de ser mulher é poder ver por uma negra sem desejar transformá-la em uma inglesa.

Aquela mulher, então, que nasceu com um dom para a poesia no século XVI, era uma mulher infeliz, uma mulher em luta contra si mesma. Todas as condições de sua vida, todos os seus próprios instintos, eram hostis ao estado de espírito que se faz necessário para se libertar o que quer que esteja na mente. Mas qual é o estado de espírito mais propício ao ato de criação? Perguntei. Alguém consegue ter qualquer ideia do estado que favorece e torna possível aquela estranha atividade? Nessa hora abri o volume que contém as tragédias de Shakespeare. Qual era o estado de espírito de Shakespeare, por exemplo, quando ele escreveu *Rei Lear* e *Antônio e Cleópatra*? Com certeza era o estado de espírito mais favorável à poesia que já existiu. Mas Shakespeare mesmo não disse nada sobre isso. Só sabemos por acaso que ele 'nunca manchou uma linha'. Nada de fato nunca foi dito pelo artista sobre o estado de espírito até talvez o século XVIII. Talvez Rousseau tenha começado isso. De qualquer forma, no século XIX a autoconsciência já havia se desenvolvido de tal forma que era comum para homens letrados descrever seus pensamentos em

14 Em francês no original: este cachorro é meu. (N. da T.)

confissões e autobiografias. Suas vidas também foram escritas e suas cartas foram impressas após suas mortes. Ainda assim não sabemos o que se passava na mente de Shakespeare quando ele escreveu *Rei Lear*, não sabemos o que se passava na mente de Carlyle quando escreveu a *Revolução Francesa*; o que se dava com Flaubert quando escreveu *Madame Bovary*; o que acontecia com Keats quando ele tentou escrever poesia diante da morte eminente e da indiferença do mundo.

O que se conclui dessa vasta literatura moderna de confissão e autoanálise é que para escrever uma obra de gênio é quase sempre um feito de prodigiosa dificuldade. Tudo desfavorece a probabilidade de que isso virá única e exclusivamente da cabeça do escritor. No geral, as circunstâncias materiais não favorecem isso. Cachorros irão latir; pessoas irão interromper; precisa-se ganhar dinheiro; a saúde vai entrar em colapso. Além do mais, acentuando todas essas dificuldades e tornando-as mais difíceis de suportar está a notória indiferença do mundo. Ele não pede que as pessoas escrevam poemas, romances e histórias; ele não precisa delas. Ele não se importa se Flaubert encontra a palavra certa ou se Carlyle verifica cuidadosamente esse ou aquele fato. Naturalmente, ele não vai pagar por algo que não deseja. E então o escritor – Keats, Flaubert, Carlyle – passa, especialmente nos anos criativos de sua juventude, por toda forma de bloqueio e desencorajamento. Uma maldição, um grito de agonia, emerge daqueles livros de análises e confissões. 'Poetas poderosos mortos em sua miséria'[15] – esse é o fardo de sua canção. Se algo der certo apesar de tudo isso, será um milagre, e provavelmente nenhum livro nasce completo e perfeito do jeito que foi concebido.

15 Verso tirado do poema *Resolução e Independência*, do poeta inglês William Wordsworth (1770-1850). (N. da T.)

Mas para as mulheres, pensei, olhando para as prateleiras vazias, essas dificuldades eram infinitamente mais terríveis. Para começar, ter um teto todo seu, que dirá um local quieto ou um quarto a prova de ruído, estava fora de questão, ao menos que seus pais fossem excepcionalmente ricos e muito nobres, mesmo no início do século XIX. Já que sua mesada, que dependia totalmente da boa vontade de seu pai, só era suficiente para mantê-la vestida, ela acabava privada de certos paliativos a que tinham direito Keats, Tennyson ou Carlyle, mesmo sendo todos homens pobres, como um passeio turístico, uma pequena viagem a Paris, uma moradia separada que, mesmo que fosse bastante modesta, serviria de abrigo contra as reclamações e tiranias de suas famílias. Tais dificuldades materiais eram assombrosas, mas muito piores eram as imateriais. A indiferença do mundo que Keats, Flaubert e outros homens geniais acharam tão dura de suportar no caso da mulher não era indiferença e sim hostilidade. O mundo não dizia a ela como dizia a eles 'Escreva se você quiser, para mim não faz diferença'. O mundo dizia com uma gargalhada 'Escrever? O que tem de bom na sua escrita?'. Aqui as psicólogas de Newnham e Girton podem vir à nossa ajuda, pensei, olhando novamente para os espaços em branco nas prateleiras. Certamente já estava na hora de medir os efeitos do desencorajamento sobre a mente do artista, assim como vi uma empresa de laticínios medir os efeitos do leite comum e do leite tipo A no corpo de um rato. Eles colocaram dois ratos em uma gaiola lado a lado, sendo um dos dois furtivo, tímido e pequeno, e outro, capcioso, ousado e grande. Então, que comida damos às mulheres como artistas? Perguntei, me lembrando, suponho, daquele jantar com ameixas e creme. Para responder aquela questão eu só tinha que abrir o jornal vespertino e ler que Lorde Birkenhead pensa que ... mas eu não vou de fato me preocupar em copiar o que Lorde Birkenhead pensa sobre a escrita das mulheres. Vou deixar em paz o que diz que Dean Inge. O especialista da Rua Harley pode ter permissão para despertar os ecos da Rua Harley com suas vociferações sem me fazer ficar de cabelo em pé. Vou citar, no entanto, o senhor Oscar Browning, porque o senhor Oscar Browning foi uma grande figura em Cambridge em uma época e costumava examinar estudantes em Girton e Newnham. O senhor Oscar Browning estava acostumado a declarar "que a impressão que ficou em sua mente, depois de analisar qualquer conjunto de exames, era que, independentemente das notas que daria, a melhor mulher era intelectualmente inferior ao pior homem". Depois de dizer isso, o senhor Browning voltava para suas salas – e é essa sequência que o torna cativante e o faz uma figura humana de essência e magnificência – ele voltava para suas salas e encontrava um cavalariço deitado no sofá – "um simples esqueleto, suas bochechas formavam uma cavidade e eram amareladas, seus dentes eram pretos e não parecia que ele fazia uso completo de seus membros... "Esse é Arthur [disse o senhor Browning]. Ele é um garoto estimado e bastante generoso". Os dois quadros sempre me parecem se completar. E felizmente nessa era da biografia os dois quadros frequentemente se completam, tanto que somos capazes de interpretar as opiniões de grandes homens não apenas pelo que eles dizem, mas pelo que eles fazem.

Mas, embora isso seja possível agora, tais opiniões vindo dos lábios de pessoas importantes foram terríveis o suficiente mesmo cinquenta anos atrás. Suponhamos que um pai com os mais elevados motivos não desejasse que sua filha saísse de casa e se tornasse uma escritora, pintora ou acadêmica. 'Veja o que o senhor Oscar Browning diz', ele diria; e não havia apenas o senhor Oscar Browning; havia o *Saturday Review*; havia o senhor Greg – o "essencial sobre as mulheres", disse o senhor Greg enfaticamente, "é que elas são sustentadas pelos homens e servem aos homens' – havia uma enorme quantidade de opinião masculina dando conta de que nada se poderia esperar das mulheres intelectualmente. Mesmo se o pai de uma delas não lesse em voz alta essas opiniões, qualquer garota poderia ler por si mesma, e a leitura, mesmo no século XIX, deve ter minado sua vitalidade e interferido profundamente sobre seu trabalho. Sempre haveria uma alegação – você não pode fazer isso, você é incapaz de fazer aquilo – contra a qual protestar, a qual superar. Provavelmente, para uma romancista esse gérmen já não tem muito efeito; já que há romancistas mulheres de competência. Mas para pintoras, ainda deve gerar algum incômodo; e para musicistas, imagino, mesmo agora é eficaz e venenoso ao extremo. A mulher compositora ocupa o lugar que fora ocupado pela atriz na época de Shakespeare. Nick Greene, pensei, relembrando a história que eu havia criado sobre a irmã de Shakespeare, disse que uma mulher atuando o fazia imaginar um cachorro dançando. Johnson repetiu a frase duzentos anos depois sobre mulheres pregando. E aqui, eu disse, abrindo um livro sobre música, temos as exatas palavras usadas novamente nesse ano da graça, 1928, sobre mulheres que tentam compor. "Sobre a senhorita Germaine Tailleferre não há o que fazer a não ser repetir a máxima do doutor Johnson sobre uma mulher pastora transposta aos termos da música: 'Senhor, uma mulher compondo é como um cachorro andando sobre suas pernas traseiras. Não é bem feito, mas o senhor se surpreende por ele conseguir fazê-lo'".[16] A história se repete com precisão.

Assim, concluí, fechando a vida do senhor Oscar Browning e empurrando de lado todo o resto, fica bem evidente que mesmo no século XIX uma mulher não era encorajada a ser uma artista.

16 *A Survey of Contemporary Music*, Cecil Gray, p. 246. (N. da A.)

Ao contrário, ela era censurada, interrompida, repreendida e admoestada. Sua mente deve ter sido desgastada e sua vitalidade minada pela necessidade de se opor a isso, de refutar isso. Agora nos aproximamos dos domínios daquele complexo masculino muito interessante e obscuro que teve muita influência sobre a mobilidade da mulher; aquele desejo arraigado, não tanto de que ela seja inferior quanto de que ele seja superior, que o instala onde quer que se olhe, não apenas diante das artes, mas barrando o caminho para a política também, mesmo quando o risco para ele parece infinitesimal e o suplicante, humilde e devoto. Mesmo Lady Bessbourough, lembrei, com toda sua paixão por política, muito humildemente se curva e escreve para Lord Granville Leveson-Gower: "...não obstante todo meu furor na política e falando tanto sobre esse assunto, eu concordo perfeitamente com o senhor que nenhuma mulher deveria se envolver nisso ou em qualquer outro assunto sério além de dar sua opinião (se perguntassem)". E assim ela continua gastando seu entusiasmo onde ele não encontra qualquer obstáculo, sobre aquele assunto imensamente importante, o discurso inaugural de Lorde Granville na Câmara dos Comuns. O espetáculo é certamente estranho, pensei. A história da oposição dos homens à emancipação das mulheres é mais interessante talvez do que a história da emancipação em si. Um livro divertido deveria ser escrito sobre isso se alguma jovem estudante de Girton ou Newnham coletasse exemplos e desenvolvesse uma teoria – mas ela precisaria de luvas nas mãos e barras de ouro puro para protegê-la.

Mas o que é engraçado agora, eu recordei, deixando de lado Lady Bessborough, teria de ser encarado pelo menos uma vez com seriedade desesperada. Opiniões que alguém agora cola em um caderno rotulado de 'Tolices' e guarda para ler para públicos seletos em noites de verão uma vez arrancaram lágrimas, posso lhes assegurar. Entre suas avós e bisavós havia muitas que enxugaram os olhos. Florence Nightingale gritou alto em sua agonia.[17] Além do mais, está muito bem para vocês, que conseguiram chegar à faculdade e aproveitam suas salas de estar – ou é apenas um quarto-sala? – todas suas para dizer que um gênio deveria não ligar para opiniões como essas; que os gênios deviam estar acima disso que é dito. Infelizmente, são exatamente os homens e mulheres providos de genialidade que se importam mais com o que é dito deles. Lembrem-se de Keats. Lembrem-se das palavras gravadas em sua lápide. Pensem em Tennyson; pensem, mas nem preciso enumerar exemplos do inegável mas feliz fato de que é da natureza do artista se importar excessivamente com o que é dito sobre ele. A literatura está coberta com os destroços de homens que se importaram além da razão com a opinião dos outros.

E essa suscetibilidade deles é duplamente infeliz, pensei, voltando para meu questionamento original sobre qual estado de espírito é mais propício ao trabalho criativo, porque a mente de um artista, a fim de atingir o esforço prodígio de libertar total e completamente o trabalho que está nele, deve ser incandescente, como a mente de Shakespeare, conjecturei, olhando para o volume que estava aberto em *Antônio e Cleópatra*. Não deve haver obstáculo nisso, nenhuma matéria exterior não utilizada.

Embora digamos que não sabemos nada sobre o estado de espírito de Shakespeare, mesmo quando dizemos isso, estamos dizendo algo sobre o estado de espírito de Shakespeare. Talvez a razão pela qual saibamos tão pouco sobre Shakespeare – comparado com Donne, Ben Johnson ou Milton – é que seus

---

17 Ver *Cassandra*, de Florence Nightingale, contida em *The Cause*, de R. Strachey. (N. da A.)

ressentimentos, seus desprezos e suas antipatias são escondidos de nós. Nós não somos surpreendidos por alguma 'revelação' que nos lembra do escritor. Todo o desejo de protestar, pregar, proclamar um dano, pagar uma dívida, fazer do mundo uma testemunha de alguma adversidade ou acusação foi tirado dele e consumido. Portanto sua poesia flui dele livre e desimpedida. Se algum ser humano alguma vez pôde manifestar seu trabalho completamente, esse foi Shakespeare. Se uma mente algum dia foi incandescente, desimpedida, eu pensei, me voltando novamente à estante, essa foi a mente de Shakespeare.

QUATRO

Era obviamente impossível encontrar uma mulher naquele estado de espírito no século XVI. É só pensar nas lápides elisabetanas com todas aquelas crianças ajoelhadas com as mãos unidas, e suas mortes prematuras, e ver suas casas na escuridão, quartos exíguos, e compreender que nenhuma mulher poderia ter escrito poesia ali. O que se poderia esperar encontrar seria talvez um pouco mais tarde alguma importante senhora que tiraria vantagem de sua relativa liberdade e conforto para publicar algo com seu nome e arriscar ser considerada uma aberração. Os homens, claro, não são arrogantes, continuei, cuidadosamente evitando a "completa feminista" Rebbeca West, mas eles apreciam com simpatia na maioria das vezes os esforços de uma condessa para escrever versos. Alguém poderia esperar encontrar uma senhora da nobreza recebendo muito mais incentivo do que uma desconhecida senhorita Austen ou uma senhorita Brontë teriam recebido naquela época. Mas também poder-se-ia esperar descobrir que a mente dela era perturbada por emoções estranhas como medo e ódio e que seus poemas mostravam traços daquela perturbação. Eis aqui Lady Winchilsea, por exemplo, pensei, tomando seus poemas. Ela nasceu no ano de 1661, era nobre tanto por nascimento quanto por casamento, não tinha filhos, escreveu poesia, e basta dar uma olhada em sua poesia para encontrá-la explodindo de indignação contra a posição das mulheres:

Como esmorecemos! Esmorecemos por uma
regra equivocada,
E a educação é mais do que dos tolos a morada;
Dos avanços da mente privadas,
Restamos apagadas, previstas e destinadas

E se alguém se elevasse sobre o chão,
Com imaginação mais acolhedora e
comprimida ambição,
Tão forte a facção adversária surgiria cedo
A esperança de vencer nunca supera o medo.

Fica claro que sua mente de forma alguma 'consumiu todos os impedimentos e se tornou

incandescente'. Pelo contrário, ela está atormentada e perturbada por ódio e ressentimento. A raça humana, para ela, está dividida em duas partes. Os homens são a 'facção adversária; homens são odiados e temidos, porque eles têm o poder de barrar o caminho dela para o que ela deseja – que é escrever.

Ah! Uma mulher que se arrisca com a escrita,
Que criatura presunçosa é estimada,
Falha que virtude nenhuma tornará recuperada.

Eles dizem que confundimos nosso sexo e nossa ação;
Modos, danças, roupas, jogos e boa criação
São as conquistas que devemos desejar,
Escrever, ou ler, ou pensar, ou questionar
Enevoariam nossa beleza e tempo nos roubariam
E as conquistas do nosso apogeu interromperiam.
Enquanto o monótono gerir de um lar servil
Se torna para nós arte máxima e hábil.

Na verdade, ela tem que se encorajar a escrever supondo que o que ela escreve nunca será publicado, e se tranquilizar com esse triste canto:

Para alguns poucos amigos e para tua tristeza cantar,
Para um bosque de louros nunca fostes inclinada;
Escuras suficientes são tuas sombras, nas quais
estás confinada.

Embora esteja claro que ela poderia ter libertado sua mente do ódio e do medo e não acumulado mais amargura e rancor, o fogo estava aceso dentro dela. Repetidas vezes pura poesia era proferida em forma de palavras:

Nem sedas pálidas irão compor
Rosas da mais inimitável cor.

Elas foram justamente elogiadas pelo senhor Murry, e Pope, pelo que se sabe, lembrou e se apropriou dessas outras:

Agora o junquilho domina a mente delicada,
Desfalecemos sob a dor perfumada.

Era mil vezes uma pena que a mulher que podia escrever assim, cuja mente estava em sintonia com a natureza e a reflexão, tenha sido forçada à raiva e à amargura. Mas como ela poderia ter ajudado a si mesma? Perguntei, imaginando as zombarias e a risada, a adulação dos bajuladores, o ceticismo do poeta profissional. Ela deve ter se trancado em um quarto no campo para escrever, e atormentada por rancor e escrúpulos, embora seu marido fosse muito gentil e sua vida de casada fosse perfeita. Ela 'deve ter', eu disse, porque quando se investiga os fatos sobre lady Winchilsea, se descobre, como de costume, que quase nada é sobre ela. Ela sofria fortemente de melancolia, que podemos explicar, pelo menos até certo ponto, quando a encontramos nos dizendo como ela se imaginava dominada por esse sentimento:

Minhas linhas censuradas, e meu trabalho
Tido como louco, inútil, pretensioso e falho.

Como se pode ver, o trabalho censurado era de um tipo inofensivo, perambulando pelos campos e sonhando:

Minha mão regozija ao traçar objetos incomuns
E desvia do trajeto conhecido e comum
Nem sedas pálidas irão compor
Rosas da mais inimitável cor.

Naturalmente, se aquele era seu hábito e o seu prazer,

ela só podia esperar que rissem dela; e, do mesmo jeito, diz-se que Pope e Gay a satirizaram "como uma meia azul com uma comichão para rabiscar". Também se pensa que ela ofendeu Gay rindo dele. Ela disse que seu poema *Trivia* mostrava que a "ele era mais adequado andar na frente de uma carruagem do que ser levado por ela". Mas isso é tudo "fofoca duvidosa" e, diz o senhor Murry, "desinteressante". Mas aí eu não concordo com ele, pois eu gostaria de ter tido mais do que fofoca duvidosa para que eu pudesse encontrar ou criar alguma imagem dessa senhora melancólica, que amava perambular pelos campos e pensar sobre coisas incomuns e desprezava, tão impetuosamente, tão sabiamente, "o monótono gerir de um lar servil". Mas ela tornou-se dispersa, diz o senhor Murry. Seu dom cresceu junto às ervas daninhas e em meio às urzes. Não tinha qualquer chance de se mostrar como o fino e distinto talento que era. E assim colocando-a de volta na prateleira, me voltei à outra importante senhora, a duquesa que Lamb amava, a louca e fantástica Margaret de Newscastle, mais velha que Lamb, mas sua contemporânea. Elas eram muito diferentes, mas assim como ambas eram de famílias nobres e não tiveram filhos, ambas foram casadas com ótimos maridos. Em ambas acendia a mesma paixão por poesia e as duas foram desfiguradas e deformadas pelas mesmas razões. Abram a duquesa e encontrarão a mesma explosão de fúria. "Mulheres vivem como morcegos ou corujas, trabalham como bestas e morrem como vermes..." Margaret também deve ter sido poeta; na nossa época toda aquela atividade teria mudando o rumo de alguma forma. Do jeito que era, o que poderia ter contido, domado ou civilizado para uso humano aquela inteligência selvagem, generosa e ingênua? Ela se derramava desordenadamente, em enxurradas de rima e prosa, poesia e filosofia que está congelada em páginas que ninguém nunca lê. Deviam ter colocado um microscópio em sua mão. Deviam ter-lhe ensinado a observar as estrelas e a pensar cientificamente. Sua inteligência foi contornada com isolamento e liberdade. Ninguém a examinava. Ninguém a ensinava. Os professores a adulavam. No tribunal eles zombavam dela. Sir Egerton Brydges reclamou de sua aspereza – "como se afluísse de uma mulher de alta classe criada nos tribunais". Ela se trancou em Welbeck sozinha.

Que visão de solidão e revolta o pensamento em Margaret Cavendish traz à mente! Como se um pepino gigante tivesse se espalhado sobre as rosas e os cravos no jardim e os asfixiado até a morte. Que perda o fato de que a mulher que escreveu "as mais bem criadas mulheres são aquelas cujas mentes são as mais civis" deva ter desperdiçado seu tempo rabiscando coisas sem sentido e afundando ainda mais na obscuridade e na loucura até que as pessoas em volta dela aprendessem algo quando ela se pronunciasse. Evidentemente, a duquesa louca virou um espectro com o qual assustar garotas espertas. Lembrei, deixando de lado a duquesa e abrindo as cartas de Dorothy Osborne, aqui está Dorothy escrevendo para Temple sobre o novo livro da duquesa. "Certamente a pobre mulher está um pouco perturbada, ela não poderia ser tão ridícula a ponto de se aventurar a escrever livros e poemas também, mesmo que eu não conseguisse dormir na próxima quinzena, não chegaria a isso."

E então, como nenhuma mulher provida de razão e modéstia poderia escrever livros, Dorothy, que era sensível e melancólica, o exato oposto da duquesa em temperamento, nada escreveu. Cartas não contam. Uma mulher deve escrever cartas enquanto ela está sentada à beira do leito de hospital de seu pai. Ela poderia escrevê-las perto do fogo enquanto os homens conversavam sem perturbá-los. O que é estranho, pensei, virando as páginas das cartas de Dorothy, é o dom que tinha aquela garota sem instrução e solitária para compor uma frase, para montar uma cena. Ouçam-na falando:

> *"Após do almoço, nos sentamos e conversamos até o senhor B chegar e então saio. O momento mais quente do dia é passado lendo ou trabalhando, e por volta das seis ou sete horas, caminho até um rancho perto de casa onde muitas moças criam ovelhas e vacas e sentam-se à sombra cantando baladas. Me aproximo delas e comparo suas vozes e beleza às de pastoras antigas sobre as quais li e encontro uma enorme diferença, mas acredite, acho que elas são tão inocentes como as outras puderam ser. Converso com elas e descubro que não há nada de que precisem para serem as pessoas mais felizes do mundo, somente saber que o são. Muito comumente, quando estamos conversando, uma delas observa e vê que sua vaca está indo para o milharal, e então todas elas se vão, como se tivessem asas em seus calcanhares. Eu, que não sou tão ágil, fico para trás, e quando as vejo trazer seu gado de volta para casa, penso que está na hora de eu me retirar também. Depois do jantar, vou para o jardim e chego às margens de um pequeno rio que corre ao lado dele, onde me sento e desejo que estivesses comigo..."*

Alguém podia jurar que ela tinha as qualidades essenciais de uma escritora dentro de si. Mas "mesmo que eu não conseguisse dormir na próxima quinzena, não chegaria a isso".

Pode-se medir a oposição que pairava no ar para uma mulher que escrevia quando se descobria que mesmo uma mulher com uma grande inclinação para escrever se punha a acreditar que escrever um livro era ser ridícula ou se mostrar perturbada. E assim, continuei, devolvemos o único e curto volume das cartas de Dorothy Osborne e chegamos à senhora Behn.

E com a senhora Behn, viramos uma importante esquina da nossa avenida. Deixamos para trás, trancadas em seus parques com suas páginas, aquelas solitárias importantes senhoras que escreveram sem público ou crítica, por seu próprio prazer solitário. Chegamos à cidade e nos esbarramos em pessoas comuns na rua. A senhora Behn era uma mulher da classe média com todas as virtudes plebeias de humor, vitalidade e coragem; uma mulher forçada pela morte de seu marido e algumas aventuras infelizes a usar sua inteligência para seu sustento. Ela teve que trabalhar em pé de igualdade com os homens. Trabalhando muito duro, conseguiu o suficiente para viver disso. A importância desse fato supera qualquer coisa que ela tenha de fato escrito, mesmo o esplêndido *A Thousand Martyrs I have made*, ou *Love in Fantastic Triumph Sat*, pois aqui tem início a liberdade da mente, ou mesmo a possibilidade que no curso do tempo a mente será livre para escrever o que quiser. Pois agora que Aphra Behn tinha conseguido, as garotas poderiam dizer para seus pais: 'Vocês não precisam me dar mesada; posso ganhar dinheiro com a minha pena'. Claro que a resposta por muitos anos ainda seria 'Sim, vivendo a vida de Aphra Behn! Seria melhor se morresse!' e batiam a porta mais rápido do que nunca. Esse assunto profundamente interessante, o valor que os homens atribuem à castidade das mulheres e seu efeito na educação delas aqui se coloca para discussão, e deve render um livro interessante se alguma aluna na Girton ou Newnham se dispuser a se aprofundar na questão.

Lady Dudley, sentada cercada de diamantes entre os mosquitos de uma charneca escocesa, serviria de frontispício. Lorde Dudley, disse o *Times* quando Lady Dudley morreu um dia desses, era "um homem de gosto refinado e de muitas realizações, foi benevolente e generoso, embora caprichosamente despótico. Ele insistia que sua esposa vestisse traje de gala completo, mesmo no mais remoto alojamento de tiro nas Highlands; ele a enchia de maravilhosas joias", e prosseguia, "ele deu tudo para ela – sempre, exceto qualquer medida de responsabilidade". Então Lorde Dudley teve um derrame cerebral e ela cuidou e gerenciou as propriedades dele com extrema competência até o final. Aquele caprichoso despotismo estava presente no século XIX também.

Mas, voltemos. Aphra Bhen provou que é possível ganhar dinheiro com a escrita, talvez sacrificando algumas qualidades agradáveis; e então aos poucos escrever se tornou não simplesmente um sinal de loucura e de uma mente perturbada, mas também um sinal de importância prática. Um marido pode morrer ou algum desastre pode acometer a família. Centenas de mulheres começaram conforme o século XVIII avançava para acrescentar às suas mesadas, ou para salvar suas famílias, fazendo traduções ou escrevendo inúmeros romances ruins que pararam de ser registrados mesmo em livros de curso, mas podem ser obtidos nas caixas de quatro centavos na Avenida Charing Cross. A atividade mais extrema da mente que se mostrou no final do século XVIII entre as mulheres – a conversa, o encontro, a escrita de ensaios sobre Shakespeare, a tradução dos clássicos – estava fundada na sólida constatação de que as mulheres poderiam ganhar dinheiro escrevendo. O dinheiro dignifica o que é frívolo se não for remunerado. Ainda poderia muito bem ser satirizado "como uma meia azul com uma comichão para rabiscar", mas não se podia negar que elas conseguiam colocar dinheiro em suas bolsas. Assim, pelo final do século XVIII veio uma mudança que, se eu estivesse reescrevendo a história, deveria descrever mais detalhadamente e considerar de importância maior que as Cruzadas e a Guerra das Rosas.

A mulher da classe média começou a escrever. Pois se *Orgulho e Preconceito* tem importância, e *Middlemarch* e *Villette* e *O Morro dos Ventos Uivantes* têm importância, então isso tem muito mais importância do que eu consigo provar em uma palestra de uma hora que as mulheres em geral, e não simplesmente as aristocratas solitárias trancadas em suas casas de campo entre páginas e seus bajuladores, começaram a escrever. Sem aquelas pioneiras, Jane Austen, as Brontës e George Eliot não poderiam ter escrito mais do que Shakespeare poderia sem Marlowe, ou Marlowe sem Chaucer, ou Chaucer sem aqueles poetas esquecidos que construíram o caminho e domaram a ferocidade natural da língua. Pois obras de arte não são nascimentos únicos e solitários; elas são os resultados de muitos anos de pensamento em comum, de pensamento por parte de um grupo de pessoas, de forma que a experiência da massa está por trás da voz única. Jane Austen devia ter colocado uma coroa de flores sobre o túmulo de Fanny Burney, e George Eliot, prestado homenagem à sombra vigorosa de Eliza Carter – a corajosa velha senhora que amarrou um sino à cabeceira de sua cama para acordar cedo e estudar grego. Todas as mulheres juntas deveriam jogar flores sobre o túmulo de Aphra Behn, que fica, escandaloso mas bastante apropriado, na Abadia de Westminster, pois foi ela que lhes garantiu o direito de falar o que pensam. É ela – sombria e amorosa como era – que torna para mim nem um pouco privilegiado dizer isso a vocês esta noite: ganhem quinhentas libras por ano com sua inteligência.

Aqui, então, chegamos ao início do século XIX. E aqui, pela primeira vez, encontrei várias prateleiras dedicadas às obras de mulheres. Mas por que – não pude evitar perguntar enquanto meus olhos as percorriam – elas eram com poucas exceções apenas romances? O impulso original seria poesia. A 'líder suprema da canção' era uma poeta. Tanto na França quanto na Inglaterra as mulheres poetas precedem as mulheres romancistas. Além do mais, pensei, olhando para os quatro nomes famosos, o que George Eliot tinha em comum com Emily Brontë? Charlotte Brontë não deixou de compreender Jane Austen completamente? Exceto pelo fato de que nenhuma delas teve filhos, não poderia ter havido um encontro de quatro figuras mais incongruentes – tanto que é tentador inventar um encontro e um diálogo entre elas. Ainda assim, quando elas escreveram, elas foram levadas por alguma força estranha a escrever romances. Teria algo a ver com o fato de terem nascido na classe média?, perguntei; e com o fato, que a senhorita Emily Davies um pouco depois foi tão surpreendente ao demonstrar, de que a família de classe média no início do século XIX possuía apenas uma única sala de estar para todos? Se uma mulher escrevesse, ela teria de fazê-lo na sala de estar. E, como a senhorita Nightingale tão veementemente reclamava – "as mulheres nunca têm nem meia hora que possam chamar de sua" –, ela era sempre interrompida. Ainda assim seria mais fácil escrever prosa e ficção lá do que escrever poesia ou uma peça. Requer menos concentração. Jane Austen escreveu dessa forma até o fim de sua vida. "Como ela foi capaz de realizar tudo isso", seu sobrinho escreve em suas *Memórias*, "é surpreendente, pois ela não tinha nenhum espaço separado em que se concentrar, e todo o trabalho deve ter sido feito na sala de estar comum, sujeito a todo tipo de interrupções casuais. Ela tomava cuidado para que sua ocupação não fosse notada por empregados ou visitantes ou qualquer pessoa além dos membros de sua família.[18] Jane Austen escondia seus manuscritos e os cobria com um pedaço de papel mata-borrão. Então, novamente, todo o treinamento literário que uma mulher tinha no início do século XIX era um treinamento na observação de personagens, na análise de emoções. Sua sensibilidade fora educada por séculos pela influência da sala de estar. Os sentimentos das pessoas foram impressos nela; as relações pessoais se deram sempre diante de seus olhos. Portanto, quando a mulher da classe média se pôs a escrever, ela naturalmente escreveu romances, embora, por mais evidente que possa parecer, duas das quatro mulheres famosas aqui mencionadas não eram romancistas por natureza. Emily Brontë teria escrito peças poéticas; a profusão da hábil mente de George Eliot teria se expandido quando o impulso criativo fosse aplicado em história ou biografia. Elas escreveram romances, no entanto; pode-se ir até um pouco além, eu disse pegando *Orgulho e Preconceito* da prateleira, e dizer que elas escreveram bons romances. Sem se gabar ou infligir dor ao sexo oposto, pode-se dizer que *Orgulho e Preconceito* é um bom livro. De qualquer forma, ninguém teria vergonha de ser pega no ato de escrever *Orgulho e Preconceito.* Embora Jane Austen ficasse feliz pelo fato de uma dobradiça ranger e ela poder ter tempo de esconder seu manuscrito antes que alguém entrasse. Para Jane Austen, haveria algo de desfavorável em escrever *Orgulho e Preconceito.* E, imaginei, teria sido *Orgulho e Preconceito* um romance melhor se Jane Austen não tivesse considerado necessário esconder seu manuscrito dos visitantes? Li uma ou duas páginas para verificar, mas não consegui encontrar qualquer sinal de que as circunstâncias

18 *Memoir of Jane Austen*, por seu sobrinho, James Edward Austen-Leigh. (N. da A.)

tivessem prejudicado seu trabalho o mínimo que fosse. Esse, talvez, fosse o milagre principal nisso. Aqui estava uma mulher, por volta do ano 1800 escrevendo sem ódio, sem amargura, sem medo, sem protesto, sem pregação. Assim foi como Shakespeare escreveu, pensei, olhando para *Antônio e Cleópatra*. E quando as pessoas comparam Shakespeare e Jane Austen, elas podem querer dizer que as mentes de ambos removeram todos os obstáculos, e por essa razão não conhecemos Jane Austen e não conhecemos Shakespeare, e por essa razão Jane Austen permeia cada palavra que ela escreveu, assim como Shakespeare. Se Jane Austen sofreu de alguma forma por suas circunstâncias, foi na mesquinhez da vida que isso se impôs sobre ela. Era impossível para uma mulher circular sozinha. Ela nunca viajou; ela nunca andou por Londres em um ônibus ou almoçou em um restaurante sozinha. Mas talvez fosse da natureza de Jane Austen não querer o que ela não possuía. O dom dela e as circunstâncias se combinavam completamente. Mas duvido que o mesmo seja verdade para Charlotte Brontë, eu disse, abrindo *Jane Eyre* e o colocando ao lado de *Orgulho e Preconceito*.

Eu o abri no capítulo 12 e meu olho foi atraído pela frase “Qualquer pessoa pode me culpar, se preferir”. Pelo que estavam culpando Charlotte Brontë?, imaginei. E li como Jane Eyre costumava subir no telhado quando a senhor Fairfax estava fazendo geleias e olhar sobre os campos a longa distância. E então ela desejava – e era por isso que a culpavam:

> ***“Então eu desejava um poder de visão que pudesse ultrapassar aquele limite; que pudesse alcançar aquele mundo atribulado, as cidades, as regiões cheias de vida de que eu tinha ouvido falar, mas***

nunca havia visto; e então eu desejava mais da experiência prática do que eu possuía; mais das relações com meus semelhantes, meus conhecidos com uma variedade de natureza maior do que estava aqui ao meu alcance. Eu valorizava o que era bom na senhora Fairfax, e o que era bom em Adele, mas eu acreditava na existência de outros e mais vívidos tipos de bondade, e aquilo em que eu acreditava eu desejava contemplar.

Quem pode me culpar? Muitos, sem dúvida, e devo chamá-los de descontentes. Não posso evitar: a inquietação era parte da minha natureza; me causava dor às vezes...

É em vão dizer que os seres humanos devem ficar satisfeitos com a tranquilidade: eles devem ter ação, e eles irão criá-la se não puderem encontrá-la. Milhões estão condenados a um destino mais tranquilo que o meu, e muitos estão silenciosamente revoltados com seu quinhão. Ninguém sabe quantas rebeliões estão fermentando no volume de vida que as pessoas escondem. No geral, espera-se que as mulheres sejam muito calmas: mas as mulheres sentem simplesmente igual aos homens; elas precisam exercitar suas capacidades e necessitam de um espaço para seus esforços tanto quanto seus irmãos necessitam; elas sofrem de restrições muito rígidas, uma estagnação muito severa, precisamente como os homens sofreriam; e é tacanho da parte dos seus colegas mais privilegiados dizer que elas devem ficar confinadas fazendo pudins e tricotando meias,

tocando piano e bordando bolsas. É imprudente condená-las, ou rir delas, se elas procuram fazer mais ou aprender mais do que o costume julgou necessário para o sexo delas.

Quando sozinha, não era raro ouvir a risada de Grace Poole...”

Essa foi uma pausa estranha, achei. É desapontador deparar com Grace Poole de repente. A continuidade é perturbada. Alguém poderia dizer, continuei, colocando o livro ao lado de *Orgulho e Preconceito*, que a mulher que escreveu aquelas páginas tinha mais genialidade do que Jane Austen, mas se essa pessoa ler essas páginas com atenção e observar aquele choque nelas, aquela indignação, essa pessoa verá que ela nunca conseguirá expressar toda sua genialidade inteiramente. Seus livros serão distorcidos e deformados. Ela escreverá sob fúria quando deveria escrever calmamente. Ela escreverá tolamente quando deveria escrever com sabedoria. Ela escreverá sobre si mesma quando deveria escrever sobre seus personagens. Ela está em guerra com seu destino. Como ela poderia evitar morrer jovem, contraída e frustrada?

Não havia nada a fazer a não ser brincar por um momento com o pensamento sobre o que teria acontecido se Charlotte Brontë tivesse possuído, digamos, trezentas libras por ano – mas a tola vendeu os direitos dos seus livros todos por mil e quinhentas libras; ao menos se tivesse de alguma forma tido mais conhecimento do mundo atribulado e das cidades e regiões cheias de vida; mais experiência prática e relações com seus semelhantes e parentes com uma grande variedade de natureza. Naquelas palavras ela toca não apenas em seus próprios defeitos como romancista, mas também nos defeitos das pessoas do seu sexo na época. Ela sabia, melhor do que ninguém, o quanto sua genialidade teria ganhado se não tivesse sido gasta em visões solitárias de longas distâncias; se experiências e relações e viagens tivessem sido garantidas a ela. Mas não foram garantidas; elas lhe foram negadas, e temos que aceitar o fato que todos aqueles bons romances – *Villette*, *Emma*, *O Morro dos Ventos Uivantes*, *Middlemarch* – foram escritos por mulheres com menos experiência de vida que pudesse adentrar a casa de um respeitável clérigo; escritas também na sala de estar comunitária daquela respeitável casa e por mulheres tão pobres que elas não podiam comprar mais do que umas poucas folhas de papel de uma vez para nelas escrever *O Morro dos Ventos Uivantes* e *Jane Eyre*. Uma delas, é verdade, George Eliot, fugiu depois de muita turbulência, mas para uma vila reclusa em Saint John's Wood. E lá ela se instalou à sombra da desaprovação do mundo. "Gostaria que fosse entendido", ela escreveu, "que eu nunca irei convidar para vir me visitar alguém que não tivesse pedido para ser convidado"; pois não estava ela vivendo em pecado com um homem casado e não poderia o fato de ser vista em sua companhia manchar a castidade da senhora Smith ou quem quer que seja que pudesse aparecer? É possível se submeter à convenção social e ser "privada do que chamam de mundo". Ao mesmo tempo, do outro lado da Europa, havia um jovem rapaz vivendo livremente com uma cigana ou uma nobre senhora, lutando em guerras, livre de obstáculos e de censura, aproveitando as mais variadas experiências de vida que estiveram mais tarde plenamente ao seu dispor quando ele veio a escrever seus livros. Se Tolstói tivesse vivido recluso no priorado com uma senhora casada "privado do que chamam de mundo", apesar da lição moral edificante, pensei, ele não teria escrito *Guerra e Paz*.

Mas é possível ir um pouco mais fundo na questão de escrever romances e o efeito do sexo sobre a romancista. Ao se fechar os olhos e pensar no romance como um todo, ele pareceria uma criação que funcionaria como um espelho da vida, embora claramente com inúmeras simplificações e distorções. De qualquer forma, é uma estrutura que deixa um formato gravado na mente, construído ora em forma de quadrados, ora como um pagode, ora lançando suas asas e arcadas, ora solidamente compacta e em formato de domo como a Catedral de Santa Sofia, em Constantinopla. Esse formato, pensei, me lembrando de alguns romances famosos, desencadeia o tipo de emoção que a ele é apropriado. Mas essa emoção de uma vez se mistura a outras, já que o 'formato' não é feito da relação pedra a pedra, mas da relação ser humano a ser humano. Assim, um romance em nós desencadeia todo tipo de emoções antagônicas e opostas. A vida entra em conflito com algo que não é vida. Daí a dificuldade de chegar a qualquer acordo sobre romances, e a imensa influência que nossos preconceitos privados têm sobre nós. Por um lado, sentimos que você – John, o herói – deve viver, ou eu estaria nas profundezas do desespero. Por outro lado, pensamos 'ah, John, você tem que morrer', porque o formato do livro requer isso. A vida entra em conflito com algo que não é vida. Então, já que isso, em parte, é vida, julgamos como vida. 'James é o tipo que homem que mais detesto', alguém diz. Ou, 'Isso é um emaranhado de absurdos'. Eu mesma nunca puder sentir algo do tipo. Toda a estrutura, é óbvio, relembrando qualquer romance famoso, é de uma complexidade infinita, porque é feita de julgamentos tão diferentes, de tipos de emoções tão diferentes. É impressionante que qualquer livro assim composto se sustente por mais de um ou dois anos, ou que possa significar para o inglês o mesmo que significa para o russo ou o chinês. Mas eles se sustentam ocasionalmente com bastante notabilidade. E o que os sustenta nesses momentos raros de sobrevivência (eu estava pensando em *Guerra e Paz*) é algo que se pode chamar de integridade, embora não tenha nada a ver com pagar as contas ou se comportar de forma honrosa em uma emergência. O que se quer dizer com integridade, no caso do romancista, é a convicção de que o que ele propõe é a verdade. Sim, é possível sentir, eu nunca deveria pensar que seria assim; nunca conheci pessoas se comportando assim. Mas vocês me convenceram de que é assim. A pessoa sustenta cada frase, cada cena à luz enquanto lê – pois parece que a natureza, muito estranhamente, nos forneceu uma luz interior sob a qual julgar a integridade ou a falta dela no romancista. Ou talvez a natureza, no seu tom mais irracional, desenhou nas paredes da mente com tinta invisível uma premonição que esses grandes artistas confirmam; um esboço que só precisa ser colocado diante da chama de um gênio para se tornar visível. Quando alguém então o expõe e o vê tomar vida, essa pessoa exclama em êxtase: 'Mas isso é o que eu sempre senti, soube e desejei!'. E essa pessoa transborda de excitação e, fechando o livro com um tipo de reverência como se ele fosse algo muito precioso, esperando para ser retomado enquanto a pessoa viver, a pessoa o coloca de volta na prateleira, eu disse pegando *Guerra e Paz* e colocando-o de volta em seu lugar. Se, por outro lado, essas míseras frases que alguém pega e testa despertam primeiro uma resposta rápida e ávida com seu colorido brilhante e seus gestos elegantes mas lá param, algo parece refreá-las em seu desenvolvimento. Ou se elas trazem à luz apenas um leve rascunho naquele canto e um borrão ali, e nada parece estar completo e por inteiro, então a pessoa emite um suspiro de decepção e diz: 'Outro fracasso.Esse romance veio para trazer sofrimento'.

E na maioria das vezes, é claro, os romances vêm para

trazer sofrimento. A imaginação vacila sob tamanha tensão. A percepção fica confusa; não se pode mais distinguir entre o verdadeiro e o falso, ela não tem mais a força para continuar com o enorme trabalho que requer a cada momento o uso de tantas competências diferentes. Mas poderia tudo isso ser afetado pelo sexo da romancista, eu pensei, observando *Jane Eyre* e os outros. Será que de alguma forma o sexo dela interferiria na integridade de uma mulher romancista – aquela integridade que eu atribuo ser o sustentáculo do escritor? Ela abandonou sua história, a qual devia completa devoção, para dar conta de alguma mágoa pessoal. Ela se lembrou de que havia sido privada de seu adequado direito à experiência – ela tinha sido deixada estagnar em uma paróquia costurando meias quando queria ter vagado pelo mundo livremente. Sua imaginação desviou da indignação e podemos sentir esse desvio. Mas havia muitas outras influências além da raiva repuxando sua imaginação e a tirando de seu caminho. A ignorância, por exemplo. O perfil de Rochester é desenhado no escuro. Sentimos a influência do medo nele; assim como constantemente sentimos uma acidez que é o resultado da opressão, um sofrimento latente enterrado debaixo de sua paixão, um rancor que faz aqueles livros contraírem, esplêndidos como são, com um espasmo de dor.

E como um romance tem essa correspondência com a vida real, seus valores são, até certo ponto, os mesmos da vida real. Mas é óbvio que os valores das mulheres diferem muito frequentemente dos valores que foram criados pelo outro sexo. É assim naturalmente. Ainda assim, são os valores masculinos que predominam. Falando grosseiramente, futebol e esportes são 'importantes'; o culto à moda, a compra de roupas é 'fútil'. E esses valores são inevitavelmente transferidos da vida para a ficção. Este é um livro importante, presume a crítica, porque ele trata da guerra. Este é um livro insignificante, porque ele trata dos sentimentos das mulheres na sala de visitas. Uma cena em um campo de batalha é mais importante do que uma cena em uma loja – em todo lugar e muito mais sutilmente a diferença de valores persiste. A estrutura toda, portanto, do romance do início do século XIX foi promovida, para quem era mulher, por uma mente que foi levemente afastada do que era correto e levada a alterar sua visão clara em respeito a uma autoridade externa. O que se tem a fazer é folhear aqueles velhos romances esquecidos e ouvir o tom de voz no qual eles estão escritos para adivinhar que a escritora enfrentava críticas; ela estava dizendo isso sob ameaça de agressão ou aquilo outro sob a possibilidade de conciliação. Ela estava admitindo que era 'apenas uma mulher', ou protestando que ela era 'tão boa quanto um homem'. Ela enfrentou aquelas críticas como seu temperamento ditou, com docilidade e acanhamento, ou com raiva e insistência. Não importa como foi; ela estava pensando em algo diferente da coisa em si. O livro dela cai sobre nossas cabeças. Havia um defeito no âmago disso. E eu pensei nos romances de todas as mulheres que estão espalhados, como pequenas maçãs juncadas em um pomar, perto de um sebo de livros em Londres. Era o defeito no âmago que as havia apodrecido. Ela havia alterado seus valores em respeito à opinião de outros.

Mas quão impossível deve ter sido não pender para a direita nem para a esquerda. Que genialidade, que integridade deve ter sido necessária em face a toda aquela crítica, no meio daquela sociedade puramente patriarcal, se agarrar à coisa assim que a via sem se encolher. Apenas Jane Austen fez isso e Emily Brontë. É uma outra pluma, talvez a mais fina, no chapéu delas. Elas escreveram como mulheres escrevem, não como homens escrevem. De todas as milhares de mulheres que escreveram romances naquela época, só elas ignoraram completamente os conselhos incessantes dos eternos professores – escrevam isso, pensem aquilo. Só elas se mostraram surdas àquela voz persistente, ora resmungando, ora protegendo, ora oprimindo, ora lamentando, ora aflita, ora chocada, ora brava, ora avuncular, aquela voz que não consegue deixar as mulheres em paz, mas tem que estar sempre junto, como aquela governanta esmerada demais, conjurando-as, como Sir Egerton Brydges, para ser elegante; arrastando para a crítica da poesia, a crítica do sexo;[19] aconselhando-as a serem boas e ganhar, como eu suponho, um lindo prêmio, a se manterem dentro de certos limites que o cavalheiro em questão julga apropriados – "...romancistas mulheres deveriam aspirar à excelência corajosamente reconhecendo as limitações de seu sexo".[20] Isso resume o assunto, e quando eu digo a vocês, e podem ficar muito surpresas, que essa frase foi escrita não em agosto de 1828 mas em agosto de 1928, vocês concordarão, acredito, por mais espirituosa que seja agora, que ela representa a opinião de muitas pessoas – não vou revirar aqueles vespeiros, vou me ater ao que o destino trouxe até mim – que era muito mais vigorosa e muito mais sonora um século atrás. Uma jovem mulher precisaria ter sido muito forte em 1828 para ignorar todas essas indelicadezas, censuras e promessas de prêmios. Era necessário ter muita fibra para dizer a si mesma 'Ah, mas eles não podem comprar a literatura

19 "[Ela] tem um propósito metafísico e isso é uma obsessão perigosa, especialmente com um mulheres, pois as mulheres raramente possuem o saudável amor que os homens têm pela retórica. É uma deficiência estranha no sexo que em outras coisas é mais primitiva e mais materialista." *New Criterion*, junho, 1928. (N. da A.)

20 "Se, como o repórter, você acredita que as romancistas mulheres deveriam apenas aspirar à excelência corajosamente reconhecendo as limitações do seu sexo (Jane Austen demonstrou graciosamente como esse gesto pode ser realizado...)." *Life and Letters*, agosto 1928. (N. da A.)

também. A literatura está aberta para todo mundo. Me recuso a permitir que você, embora seja o bedel, me enxote da grama. Tranque suas bibliotecas se preferir, mas não há nenhuma porta, nenhuma tranca, nenhum ferrolho que você pode colocar sobre a liberdade da minha mente'.

Mas qualquer que tenham sido a desmotivação e a crítica sobre suas escritas – e eu acredito que tiveram grande efeito – foram irrelevantes se comparadas com a outra dificuldade que elas encararam (eu ainda estava considerando aquelas romancistas do início do século XIX) quando elas se propuseram a colocar seus pensamentos no papel – isso porque elas não tiveram nenhuma tradição por trás, ou alguma tradição tão pequena e parcial que foi de pouca ajuda. Porque nós, que somos mulheres, nos recordamos por meio de nossas mães. É inútil recorrer aos grandes escritores homens para nos ajudar, embora possamos recorrer a eles por prazer. Lamb, Browne, Thackeray, Newman, Sterne, Dickens, De Quincey – seja quem for – nunca ajudaram uma mulher, embora ela possa ter aprendido alguns truques com eles ou adaptado outros para seu uso próprio. O peso, o ritmo, a pisada da mente de um homem são muito diferentes das dela para que qualquer coisa de muito substancial possa ser levantada. O imitador está muito distante para ser diligente. Talvez, a primeira coisa que ela fosse encontrar ao colocar a pena no papel era que não havia nenhuma frase comum para uso dela. Todos os grandes romancistas como Thackeray, Dickens e Balzac escreveram uma prosa natural, ágil mas não desleixada, expressiva mas não afetada, atribuindo-lhe matiz próprio sem deixar que fosse propriedade comum. Elas basearam isso na frase que era comum na época. A frase que era comum no começo do século XIX era provavelmente algo assim: "A grandeza de suas obras era um argumento embutido nelas, não para fazê-las parar abruptamente, mas para fazê-las seguir. Elas poderiam não provocar entusiasmo ou satisfação mais elevada do que no exercício de sua arte e gerações infinitas de verdade e beleza. O sucesso incita o esforço, e o hábito facilita o sucesso". Essa é uma frase masculina; por trás dela pode-se ver Johnson. Gibbon e o resto. Era uma frase inadequada para o uso feminino. Charlotte Brontë, como seu esplêndido dom para a prosa, tropeçou e caiu com aquela arma desajeitada em suas mãos. George Eliot cometeu com ela atrocidades que são indescritíveis. Jane Austen olhou para ela e riu dela, criou uma frase perfeitamente natural e cuidadosamente esculpida adequada para seu próprio uso e nunca se afastou dela. Assim, com menos genialidade para escrever do que Charlotte Brontë, ela conseguiu dizer infinitamente mais. Na verdade, como a liberdade e plenitude da expressão são parte da essência da arte, tal falta de tradição, tal escassez e inadequação de ferramentas deve ter afetado muito a escrita das mulheres. Além do mais, um livro não é feito de frases escritas de ponta a ponta, mas de frases construídas, se uma imagem ajudar, em arcadas e domos. E essa forma também foi feita por homens com base nas suas necessidades e para seus próprios usos. Não há razões para pensar que a forma do épico ou da peça poética se adequam a uma mulher mais do que uma frase. Mas todas as outras formas de literatura foram solidificadas e estabelecidas na época em que ela se tornou uma escritora. Apenas o romance era jovem o suficiente para ser maleável em suas mãos, outro motivo talvez por que ela escreveu romances. E, contudo, quem dirá que mesmo agora "o romance" (coloco entre aspas para ressaltar minha percepção de sua inadequação), quem dirá que mesmo a mais flexível de todas as formas é corretamente moldada para o uso da mulher? Sem dúvida que a encontraremos remodelando-o para si mesma quando ela tem liberdade de movimentos; e providenciando algum veículo novo, não necessariamente em verso, para a poesia contida nela. Porque é a poesia que tem seu escoamento negado. E eu continuei a ponderar como uma mulher hoje em dia escreveria uma tragédia poética em cinco atos. Ela usaria versos? Não usaria a prosa ao invés?

Mas essas são questões difíceis que se encontram no crepúsculo do futuro. Devo abandoná-las, pelo menos porque elas me estimulam a me desprender do meu assunto principal e vagar em meio a florestas sem trilhas onde posso me perder e, muito provavelmente, ser devorada por animais selvagens. Não quero, e tenho certeza que vocês não querem, que eu aborde aquele assunto muito desalentador que é o futuro da ficção. De forma que apenas irei pausar aqui um momento para chamar a atenção de vocês para o grande papel que deve ser exercido no futuro conquanto se entenda as condições físicas das mulheres.

O livro tem que, de alguma forma, ser adaptado ao corpo, e alguém arriscaria dizer que livros de mulheres deveriam ser mais curtos, mais concentrados, do que os dos homens, e estruturados de tal forma que não se precise de longas horas de trabalho consistente e ininterrupto. Já que interrupções sempre haverá. Novamente, os nervos que alimentam o cérebro pareceriam diferentes em homens e mulheres, e se vocês forem fazê-los trabalhar duro e dar o melhor deles, vocês devem descobrir qual tratamento se adequa a eles – se essas horas de palestra, por exemplo, que os monges prepararam, em princípio, centenas de anos atrás, se adequa a eles –, de quais alternações de trabalho e descanso eles precisam, entendendo descanso não como não fazer nada mas como fazendo algo mas algo diferente, e quão diferente deveria ser? Tudo isso deveria ser discutido e descoberto, tudo isso é parte da pergunta sobre mulheres e ficção. Ainda assim, continuei, me aproximando da estante novamente, onde poderei encontrar aquele estudo elaborado sobre a psicologia das mulheres escrito por uma mulher? Se pela sua incapacidade de jogar futebol as mulheres não forem autorizadas a praticar a medicina...

Felizmente, agora meus pensamentos deram outra guinada.

CINCO

Eu havia chegado, finalmente, durante essa divagação, às prateleiras que contêm os livros dos vivos, de mulheres e homens, pois hoje há quase o mesmo número de livros escritos tanto por mulheres quanto por homens. Ou se isso não for bem verdade, se o masculino ainda for o sexo mais loquaz, certamente é verdade que as mulheres não são mais as únicas a escreverem romances. Há os livros de Jane Harrison sobre arqueologia grega; os livros de Vernon Lee sobre estética; os livros de Gertrude Bell sobre a Pérsia. Há livros sobre toda uma gama de assuntos que uma geração atrás nenhuma mulher poderia ter sequer tocado. Há poemas, peças e crítica; há histórias e biografias, livros de viagem e livros de cultura e pesquisa; há até uns poucos sobre filosofia e livros sobre ciências e economia. E embora os romances predominem, eles em si podem muito bem ter mudado ao se associar a livros de diferentes tipos. A simplicidade natural, a era épica da escrita feminina, pode já ter passado. Leitura e crítica podem ter dado à mulher uma gama mais vasta, uma sutileza maior. O impulso em direção à autobiografia pode ter passado.

Ela pode estar começando a usar a escrita como uma arte, não como um método de autoexpressão. Entre esses novos romances um deve fornecer uma resposta a algumas dessas questões.

Retirei da prateleira um aleatoriamente. Estava bem no final dela, se chamava *A Aventura da Vida*,[21] ou um título parecido, de Mary Carmichael, e foi publicado nesse exato mês de outubro. Parece ser seu primeiro livro, disse a mim mesma, mas deve-se lê-lo como se fosse o último volume de uma série bastante longa, prosseguindo com todos aqueles livros que eu estive olhando – os poemas de Lady Winchilsea e as peças de Aphra Behn e os romances das quatro grandes romancistas. Pois os livros dão sequência uns aos outros, apesar do nosso hábito de julgá-los separadamente. E eu também devo considerá-la – essa mulher desconhecida – como descendente de todas aquelas outras mulheres cujas circunstâncias eu vinha olhando de relance e verificar o que ela herdou de suas características e limitações. Então, com um suspiro, porque romances muito frequentemente servem de analgésico e não de antídoto, leva a pessoa para dentro do sono ao invés de despertá-la com um tição incandescente, eu me ajeitei com um caderno e um lápis para aproveitar o que eu pudesse do primeiro romance de Mary Carmichael, *A Aventura da Vida*.

Para começar, passei os olhos de cima a baixo na página. Vou primeiro pegar o jeito das frases dela, eu disse, antes que eu encha minha memória de olhos azuis e castanhos e o relacionamento que deve haver entre Chloe e Roger. Haverá tempo para isso quando eu tiver decidido se ela carrega na mão uma pena ou uma picareta. Então tentei uma ou duas frases na minha boca.

21 Tanto a escritora Mary Carmichael quanto a obra *Life's Adventure*, no original, são invenções de Virginia Woolf. (N. da T.)

Logo ficou claro que alguma coisa não estava muito em ordem. O deslizar suave de uma frase após a outra foi interrompido. Algo se partiu, algo arranhou; uma única palavra aqui e ali jogou luz sobre meus olhos. Ela estava se 'soltando' como diziam nas peças antigas. Ela é como uma pessoa riscando um palito de fósforo que não irá acender, eu pensei. Mas por que, eu a questionei como se ela estivesse presente, as frases de Jane Austen não têm o formato correto para você? Elas devem ser todas descartadas porque Emma e o senhor Woodhouse estão mortos? Ah, suspirei, que assim seja. Pois enquanto Jane Austen irrompe de melodia a melodia como Mozart de canção a canção, ler esse livro era como estar em alto mar em um barco aberto. Para cima e para baixo.

Essa concisão, essa falta de fôlego podem significar que ela tinha medo de algo; medo de ser chamada de 'sentimental' talvez; ou ela se lembre de que a escrita das mulheres já foi chamada de floreada e então providencie uma superfluidade de espinhos. Mas até que eu tenha lido uma cena com algum cuidado, não posso ter certeza se ela está sendo ela mesma ou outra pessoa. De qualquer forma, ela não reduz a vitalidade, pensei, se a leitura for mais cuidadosa. Mas ela está juntando muitos fatos. Não conseguirá usar metade deles em um livro desse tamanho (tinha cerca da metade do tamanho de *Jane Eyre*). Entretanto, de alguma forma, ela logrou colocar todos nós – Roger, Chloe, Olivia, Tony e o senhor Bigham – em uma canoa subindo o rio. Esperem um momento, disse, me encostando no espaldar, devo considerar o todo mais cuidadosamente antes de avançar.

Tenho quase certeza, disse a mim mesma, que Mary Carmichael está pregando uma peça em nós. Pois eu me sentia como em uma estrada de ferro inclinada quando o vagão, em vez de diminuir o ritmo, como se haveria de esperar, dá uma guinada. Mary está manipulando a sequência esperada. Primeiro ela quebrou a frase; agora quebrou a sequência. Muito bem, ela tem todo o direito de fazer tanto uma coisa quanto a outra se ela os faz não simplesmente para criar uma ruptura, mas para criar. Com qual intuito foi eu não posso ter certeza até que ela se coloque na situação. Darei a ela toda a liberdade, eu disse, de escolher qual situação deverá ser; ela pode tirá-la de latas de alumínio e chaleiras velhas se preferir; e então quando ela a criar deverá encará-la. Ela deve pular. E, determinada a cumprir minha obrigação para com ela como leitora se ela cumprir sua obrigação para comigo como escritora, virei a página e li...Sinto muito interromper de forma tão abrupta. Há homens presentes? Vocês me prometem que por trás daquela cortina vermelha ali não está escondida a figura de Sir Charles Biron? Vocês me garantem que somos apenas mulheres aqui? Então, devo-lhes dizer que as palavras seguintes que li foram estas: "Chloe gostava de Olivia...". Não comecem. Não se envergonhem. Vamos admitir na privacidade de nossa própria companhia que essas coisas às vezes acontecem. Às vezes mulheres gostam, sim, de mulheres.

"Chloe gostava de Olivia", eu li. E então me ocorreu a mudança imensa que havia acontecido. Chloe gostava de Olivia talvez pela primeira vez na literatura. Cleópatra não gostava de Otávia. Mas como *Antônio e Cleópatra* teria sido diferente se ela tivesse gostado! Do jeito que está, pensei com receio de deixar minha mente se afastar um pouco de *A Aventura da Vida*, a coisa toda é simplificada, convencionalizada, se alguém ousasse dizer, de forma absurda. O único sentimento de Cleópatra quanto a Otávia era de inveja. Ela é mais alta que eu? Como ela arruma o cabelo? As peças, talvez, não precisassem de mais que isso. Mas que interessante teria sido se a relação entre as duas mulheres tivesse sido mais complicada. Todas essas relações entre mulheres, pensei, rapidamente recordando a esplêndida galeria de mulheres fictícias, eram simples demais. Muito foi deixado de fora, sem ser explorado. E eu tentei lembrar de algum caso durante a minha leitura em que duas mulheres são representadas como amigas. Há uma tentativa em *Diana of the Crossways*. Elas são confidentes, claro, tanto em Racine quanto nas tragédias gregas. Tanto agora como antes elas são mães e filhas. Mas quase sem exceção elas são mostradas em suas relações com os homens. Era estranho pensar que todas as grandes mulheres da ficção eram, até a época de Jane Austen, não apenas vistas pelo outro sexo, mas vistas apenas em relação ao outro sexo. E que parte tão pequena da vida de uma mulher isso constitui. E quão pouco um homem pode saber dessa parte quando ele a observa pelas lentes negras ou rosas que o sexo põe sobre seu nariz. Talvez venha daí a peculiar natureza da mulher na ficção; os impressionantes extremos de sua beleza e seu horror; sua alternância entre uma bondade celestial e uma depravação infernal – pois um amante a veria conforme seu amor aumentasse ou diminuísse – era próspera ou infeliz. Isso não é tão verdadeiro quanto às romancistas do século XIX, claro. Ali, as mulheres se tornavam mais variadas e complicadas. Na verdade, talvez tenha sido o desejo de escrever sobre mulheres que levou os homens passo a passo a abandonar o drama poético que, com sua violência, poderia fazer tão pouco uso delas, e a estabelecer o romance como um receptáculo mais adequado. Mesmo assim, permanece óbvio, mesmo na escrita de Proust, que um homem é terrivelmente limitado e parcial em seu conhecimento sobre as mulheres, assim como a mulher é em seu conhecimento sobre os homens.

Além disso, continuei, olhando para a página de novo, está se tornando evidente que as mulheres, assim como os homens, têm outros interesses além dos interesses perenes da vida doméstica.

"Chloe gostava de Olivia. Elas dividiam um laboratório...", eu continuei lendo e descobri que essas duas jovens estavam envolvidas em moer fígado, o que, ao que parece, cura a anemia perniciosa; embora uma delas fosse casada e tivesse – creio estar certa ao afirmar – dois filhos pequenos. Agora tudo aquilo, claro, tinha de ser deixado de fora, e assim o retrato esplêndido da mulher fictícia acaba sendo simples e enfadonho demais. Suponham, por exemplo, que os homens apenas fossem representados na literatura como os amantes das mulheres, e nunca fossem os amigos dos homens, soldados, pensadores, sonhadores; quão poucas falas nas peças de Shakespeare poderiam ser alocadas a eles; como a literatura iria sofrer! Nós teríamos a maior parte de Otelo, um bom tanto de Antônio, mas nada de César, nada de Brutus, nada de Hamlet, nada de Lear, nada de Jaques – a literatura seria incrivelmente empobrecida, como de fato a literatura é empobrecida além da conta pelas portas que foram fechadas para as mulheres. Casadas contra a vontade, mantidas em um quarto, restritas a uma ocupação, como poderia um dramaturgo representá-las de maneira completa ou interessante ou autêntica. O amor era o único intérprete possível. O poeta era forçado a ser apaixonado ou amargo, ao menos que ele escolha na verdade "odiar mulheres", o que significava com bastante frequência que ele era pouco atraente para elas.

Bem, se Chloe gosta de Olivia e elas dividem um laboratório, o que por si só já fará a amizade delas mais diversa e duradoura porque será menos individual, se Mary Carmichael sabe como escrever e eu estava começando a apreciar certa qualidade em seu estilo, se ela tiver um teto para ela, de que não tenho certeza, se ela tiver quinhentas libras por ano só para ela – mas isso ainda deve ser provado –, então eu acho que algo de grande importância aconteceu.

Pois se Chloe gosta de Olivia e Mary Carmichael sabe como expressar isso ela acenderá uma luz naquela enorme câmara onde ninguém ainda esteve. É tudo a meia luz e sombras profundas como aquelas cavernas em serpentina onde se entra com uma vela perscrutando de cima a baixo, sem saber onde está pisando. E eu comecei a ler o livro novamente e li sobre como Chloe observou Olivia colocar um jarro sobre uma prateleira e dizer como já era hora de ela ir para casa cuidar de seus filhos. Essa era uma cena que nunca havia sido vista desde que o mundo é mundo, exclamei. E observei também, com bastante curiosidade. Pois eu queria ver como Mary Carmichael conseguiu captar aqueles gestos não registrados, aquelas palavras não ditas ou meio ditas, que se formam não mais palpavelmente do que as sombras das mariposas no teto, quando as mulheres estão sozinhas, apagadas pela luz caprichosa e colorida do outro sexo. Ela vai precisar segurar o fôlego, eu disse, ainda lendo, se ela quiser fazê-lo, pois as mulheres são desconfiadas de qualquer interesse que não tenha um motivo óbvio por trás, de tão acostumadas que estão com a ocultação e a supressão que elas apagam ao piscar de um olho em sua direção. O único jeito de você fazer isso, pensei, me dirigindo a Mary Carmichael como se ela estivesse lá, seria conversando sobre outra coisa, olhando firmemente para fora da janela, e assim anotar, não com um lápis sobre um caderno, mas na mais concisa taquigrafia, em palavras que mal estão silabadas, o que acontece quando Olivia – esse organismo que esteve sob a sombra de uma rocha todos esses milhões de anos – sente a luz cair e vê vindo em sua direção um pedaço de um alimento estranho – conhecimento, aventura, arte. E ela se estica para alcançar, pensei, de novo tirando meus olhos da página, e tem que criar alguma combinação completamente nova de seus recursos, tão altamente desenvolvidos para outros propósitos, a fim de absorver o novo dentro do velho sem perturbar o equilíbrio infinitamente intrincado e elaborado do todo.

Mas, lamentavelmente, eu havia feito o que havia decidido não fazer; eu tinha sem pensar caído na armadilha de elogiar meu próprio sexo. "Altamente desenvolvidos", "infinitamente intrincado" – esses são termos inegavelmente elogiosos, e elogiar seu próprio sexo é sempre suspeito, sempre insensato. Além do mais, nesse caso, como poderia ser justificado? Poder-se-ia pegar um mapa e dizer que Colombo descobriu a América e que Colombo era uma mulher; ou pegar uma maçã e observar que Newton descobriu as leis da gravidade e que Newton era uma mulher; ou observar o céu e dizer que os aviões estão voando sobre nossas cabeças e que os aviões foram inventados por uma mulher. Não há nenhuma marca na parede para medir a altura precisa de uma mulher. Não há nenhuma régua, ordenadamente dividida nas frações de uma polegada, que possa se usar para medir as qualidades de uma boa mãe, ou a devoção de uma filha, ou a fidelidade de uma irmã, ou a capacidade de uma governanta. Poucas mulheres mesmo hoje se graduaram nas universidades; os grandes exames das profissões, exército e marinha, comércio, política e diplomacia, quase nunca as testaram. Elas permanecem até esse momento sem classificação. Mas se eu quiser saber tudo que um ser humano pode me dizer sobre Sir Hawley Butts, por exemplo, eu só tenho que abrir Burke ou Debrett e descobrirei que ele se formou nisso e naquilo; que possui um edifício; que tem um herdeiro; foi secretário de um departamento; representou a Grã Bretanha no Canadá; recebeu um certo número de diplomas, cargos, medalhas e outras distinções pelas quais seus méritos estão estampados nele de forma indelével. Somente a Providência pode saber mais sobre Sir Hawley Butts do que isso.

Quando, portanto, eu digo "altamente desenvolvidas",

"infinitamente intrincada" sobre mulheres, não estou apta a verificar minhas palavras em Whitaker, Debrett nem no Calendário Universitário. Nesse dilema o que posso fazer? E olhei para a estante de novo. Havia as biografias: Johnson, Goethe, Carlyle, Sterne, Cowper, Shelley, Voltaire, Browning e muitos outros. E comecei a pensar em todos aqueles grandes homens que por uma razão ou outra admiraram mulheres, procuraram por elas, viveram com elas, confiaram nelas, fizeram amor com elas, escreveram sobre elas, acreditaram nelas, e demostraram o que só pode ser descrito como uma necessidade ou dependência do sexo oposto. Eu não diria que todos esses relacionamentos foram platônicos, e Sir William Joynson Hicks provavelmente negaria. Mas nós caluniaríamos imensamente esses ilustres homens se insistíssemos que eles não tiraram nada dessas alianças além de conforto, lisonja e os prazeres do corpo. O que eles obtiveram, é óbvio, foi algo que seu próprio sexo era incapaz de fornecer; e não seria imprudente, talvez, definir, sem citar as palavras sem dúvida entusiasmadas dos poetas, como algum estímulo, alguma renovação do poder criativo que está unicamente no dom do sexo oposto de conceder. Ele abriria a porta da sala de visitas ou do quarto das crianças, pensei, e a encontraria talvez em meio a seus filhos, ou com uma peça de bordado no colo – de qualquer forma, o centro de alguma ordem ou sistema de vida diferente e o contraste entre esse mundo e o dele próprio, que deveria ser os tribunais ou a Câmara dos Comuns, de uma vez se renovaria e revigoraria; e assim seguiria, mesmo na conversa mais simples, uma diferença tão natural de opinião que as ideias que nele estavam secas seriam fertilizadas novamente; e a visão dela criando em um meio diferente do seu aceleraria tanto seu poder criativo que insensivelmente sua mente estéril começaria a fazer planos novamente, e ele encontraria a frase ou a cena que estava faltando quando colocou o chapéu para ir visitá-la. Todo Johnson tem sua Thrale, e se agarra a ela rapidamente for algumas razões como essas, e quando Thrale se casa com seu ás da música italiano, Johnson fica meio louco de raiva e repulsa, não simplesmente porque vai perder suas noites agradáveis em Streatham, mas porque a luz da sua vida estará "como que apagada".

E sem ser doutor Johnson ou Goethe ou Carlyle ou Voltaire, alguém pode sentir, embora de forma muito diferente do que esses grandes homens, a natureza dessa complexidade e o poder dessa característica criativa altamente desenvolvida entre as mulheres. Alguém adentra o quarto – além dos recursos da língua inglesa que ele teria que estender e um bom tanto de palavras que precisariam ganhar vida ilegitimamente antes que uma mulher pudesse dizer o que acontece quando ela adentra uma sala. As salas diferem completamente. Elas podem ser calmas ou tempestuosas, com vista para o mar ou, ao contrário, para o jardim de uma prisão, estarem cheias de água, ou vivas com opalas e sedas; serem duras como pelo de cavalo ou macias como penas – só é preciso entrar em qualquer sala em qualquer rua para ser atingido por toda aquela força de feminilidade extremamente complexa. Como poderia ser diferente? Pois as mulheres se mantiveram dentro de casa todos esses milhões de anos, de forma que hoje estas paredes estão tão impregnadas da força criativa delas, na verdade, sobrecarregando a capacidades de tijolos e argamassa, de forma que precisem estar sustentadas por penas, pinceis, negócios e política. Mas esse poder criativo difere bastante do poder criativo dos homens. E pode-se concluir que seria uma pena se ele fosse prejudicado ou desperdiçado, pois durante séculos foi conquistado com a mais rígida disciplina, e não há nada que possa tomar seu lugar. Seria uma pena se as mulheres escrevessem como os homens, ou vivessem como os homens, ou se parecessem com os homens, pois se os dois sexos são bastante inadequados, considerando a vastidão e a variedade do mundo, como poderíamos viver com apenas um? Não deveria a educação realçar e fortalecer as diferenças ao invés das semelhanças? Pois temos muitas similaridades, e se um explorador fosse voltar e trazer a palavra de outros sexos olhando pelos galhos de outras árvores em outros céus, nada seria de maior utilidade para a humanidade, e nós teríamos imenso prazer em observar o professor X correr para sua régua de medição para se provar 'superior'.

Mary Carmichael, pensei, ainda pairando sobre a página a uma certa distância, terá seu trabalho definido por ela meramente como uma observadora. Na verdade, receio que ela se sinta tentada a se tornar o que considero o espécime menos interessante: a romancista-naturalista, não a contemplativa. Há tantos novos fatos para ela observar. Ela não precisará se limitar mais às respeitáveis casas da classe média alta. Ela entrará sem gentileza ou condescendência, mas no espírito da camaradagem, naquelas pequenas e perfumadas salas onde se sentam a cortesã, a meretriz e a senhora com o cachorro pug. Lá elas permanecem sentadas com as roupas rústicas e prontas para vestir o que o escritor homem forçosamente colocou sobre seus ombros. Mas Mary Carmichael terá à mão suas tesouras e as aplicará em cada cavidade e ângulo. Será uma visão curiosa, quando for o momento, ver essas mulheres como elas são, mas devemos esperar um pouco, já que Mary Carmichael ainda estará sobrecarregada com todo o autoconhecimento na presença do "pecado" que é o legado da nossa brutalidade sexual. Ela ainda carregará aqueles grilhões velhos e fajutos da classe nos pés.

Entretanto, a maioria das mulheres não é nem meretriz

nem cortesã; nem se senta segurando cachorros pug enrolados em veludo empoeirado em uma tarde de verão. Mas o que, então, elas fazem? E assim me veio à mente uma daquelas ruas longas em algum lugar ao sul do rio cujas filas de casas são intensamente habitadas. Com o olho da imaginação eu vi uma senhora muito velha atravessando a rua de braços dados com uma mulher de meia idade, sua filha talvez, ambas tão dignamente calçadas e cobertas de peles que deve ser um ritual se vestirem à tarde, com as roupas guardadas em armários com cânfora, anos após ano, pelos meses de verão. Elas atravessam a rua quando as luzes são acesas (pois o entardecer é o momento do dia favorito delas), assim como devem ter feito ano após ano. A mais velha está próxima dos oitenta, mas se alguém perguntasse a ela o que a vida dela significava, ela diria que se lembrava das ruas acesas para a batalha de Balaclava, ou que tinha ouvido os tiros no Hyde Park pelo nascimento do rei Eduardo VII. Mas se alguém lhe perguntasse, desejando cravar o momento com dia e ano exatos, o que estava fazendo no dia 5 de abril de 1868, ou em 2 de novembro de 1875, ela pareceria confusa e diria que não conseguia se lembrar de nada. Pois todos os jantares foram preparados; todos os pratos e copos, lavados; as crianças foram para a escola e caíram no mundo. Não sobrou nada disso. Tudo sumiu. Nenhuma biografia ou história tem qualquer palavra a dizer sobre isso. E os romances, mesmo sem querer, inevitavelmente mentem.

Todas essas vidas infinitamente obscuras faltam ser registradas, eu disse, me dirigindo a Mary Carmichael como se ela estivesse presente, e segui em meus pensamentos pelas ruas de Londres sentindo na imaginação a pressão da estupidez, a acumulação de uma vida não registrada, seja de mulheres nas esquinas com as mãos nos quadris e alianças enfiadas em seus gordos e inchados dedos, falando com gesticulação como o balanço das palavras de Shakespeare; sejam vendedoras de violetas e de fósforos ou aquelas velhas enrugadas paradas nas portas; sejam garotas à deriva cujas faces, como ondas no sol e nas nuvens, indicam homens e mulheres se aproximando e as luzes tremeluzentes das vitrines das lojas. Tudo isso você terá que explorar, eu disse a Mary Carmichael, segurando sua lanterna na mão. Acima de tudo, você deve iluminar sua própria alma cheia de profundidades e superficialidades, vaidades e generosidades, e dizer o que a sua beleza significa para você e para sua simplicidade, e qual é a sua relação com o mundo em constante mudança de luvas e sapatos e coisas que sobem e descem em meio a suaves perfumes que vêm em frascos de boticários por galerias de tecidos para vestidos sobre um chão de falso mármore. Pois na imaginação eu tinha entrado em uma loja com revestimento branco e preto, decorada de forma lindamente impressionante com fitas coloridas. Pode ser que Mary Carmichael dê uma olhada enquanto passa, pensei, pois é uma vista que interessaria à pena tanto quanto um pico nevado ou um desfiladeiro rochoso nos Andes. E há a garota no caixa também – tão logo eu obteria sua verdadeira história quanto a centésima quinquagésima vida de Napoleão ou o septuagésimo estudo de Keats e seu uso da inversão no estilo de Milton que o velho professor Y e seus colegas estão agora redigindo. E assim continuei com bastante cautela, nas pontas dos pés (tão covardemente, com tanto medo do açoite que eu mesma já quase levei nas costas), até murmurar que ela também deveria aprender a rir, sem rancor, das vaidades – mais das peculiaridades, pois é uma palavra menos ofensiva – do outro sexo. Pois tem um ponto do tamanho de uma moeda na parte de trás da cabeça que é impossível de enxergar. É um dos bons serviços que o sexo pode prestar ao outro sexo – descrever esse ponto do tamanho de uma moeda na parte de trás da cabeça. Pensem em quanto as mulheres se beneficiaram dos comentários de Juvenal, das críticas de Strindberg. Pensem com que humanidade e brilhantismo os homens, desde os tempos mais remotos, mostraram para as mulheres aquele lugarzinho escuro na parte de trás da cabeça! E se Mary fosse bastante corajosa e franca, ela se posicionaria atrás de um homem e nos diria o que havia encontrado lá. Uma imagem verdadeira de um homem como um todo nunca pode ser pintada até que uma mulher descreva aquele ponto do tamanho de uma moeda. O senhor Woodhouse e o senhor Casuabon são pontos daquele tamanho e natureza. Não que ninguém em pleno juízo iria aconselhá-la a se a apegar ao menosprezo e ao ridículo de tal propósito – a literatura mostra a futilidade do que está escrito naquele espírito. Seja verdadeira, diriam, e o resultado tende a ser incrivelmente interessante. A comédia tende a ser enriquecida. Novos fatos tendem a serem descobertos.

Entretanto, já passou da hora de abaixar os olhos para a página novamente. Seria melhor, ao invés de ficar especulando o que Mary Carmichael pode ou deve escrever, ver o que elá de fato escreveu. Então comecei a ler de novo. Lembrei que eu tinha alguns ressentimentos em relação a ela. Ela tinha quebrado a frase de Jane Austen deixando a mim, assim, chance alguma de me gabar de meu gosto impecável, do meu ouvido exigente. Pois era inútil dizer 'Sim, sim, isso é muito bom, mas Jane Austen escreveu muito melhor que você', quando tive que admitir que não havia qualquer aspecto em comum entre elas. Então ela foi além e quebrou a sequência, a ordem esperada. Talvez ela o tenha feito inconscientemente, meramente dando às coisas sua ordem natural, como faria uma mulher, se ela escrevesse como uma mulher. Mas o efeito era desconcertante de certa forma. Não se podia ver uma onda crescendo, uma crise dobrando a esquina. Portanto, eu não podia me gabar também quanto às profundezas dos meus sentimentos e meu profundo conhecimento do coração humano. Pois sempre que eu estava para sentir as coisas usuais nos lugares usuais, como o amor, a morte, a criatura perturbadora me puxava com força, como se o ponto importante fosse um pouco adiante. E assim ela tornou impossível para mim proferir minhas frases sonoras sobre "sentimentos elementares", "a matéria comum da humanidade", "as profundezas do coração humano", e invocar aquelas outras frases que nos apoiam em nossa crença de que, não importa quão astutas sejamos na aparência, somos muito sérias, muito profundas e muito humanas na essência. Ela me fez sentir, ao contrário, que ao invés de ser séria, profunda e humana, a pessoa deve ser – e a ideia era muito menos sedutora – meramente preguiçosa e convencional no final.

Mas segui lendo e anotei algumas outras coisas. Não havia nenhuma evidência de que ela fosse um 'gênio'. Ela não possuía nada parecido com o amor pela natureza, a feroz imaginação, a extravagante poesia, a brilhante perspicácia, a inquietante sabedoria de suas grandes predecessoras, Lady Winchilsea, Charlotte Brontë, Emily Brontë, Jane Austen e George Eliot; ela não conseguia escrever com a melodia e a dignidade de Dorothy Osborne – na verdade ela não passava de uma moça esperta cujos livros na certa seriam destrinchados pelos editores dentro de dez anos. Mas, não obstante, ela possuía certas vantagens que faltavam a mulheres de talento muito maior mesmo meio século atrás. Os homens não eram mais para ela 'a facção adversária'; ela não precisava perder seu tempo discutindo com eles; ela não precisava subir até o teto e arruinar sua paz de espírito ansiando por viagens, experiências e um conhecimento do mundo e um temperamento que lhe foram negados. O medo e o ódio tinham quase sumido, ou traços deles apenas apareciam em um leve exagero da alegria da liberdade, uma tendência para o cáustico e o satírico, ao invés do romântico, na sua forma de tratar o sexo oposto. Assim, não poderia haver dúvidas de que como uma romancista ela desfrutava de algumas vantagens naturais de ordem superior. Ela era dona de uma sensibilidade bastante ampla, voraz e livre. Essa sensibilidade respondia a um toque quase imperceptível. Ela se deleitava como uma planta recentemente amarrada no ar a cada visão e som que viesse em sua direção. Ela rangia, também, muito sutil e curiosamente, em meio a coisas quase desconhecidas e não registradas; ela emitia luz sobre pequenas coisas e mostrava que talvez elas não fossem tão pequenas assim. Ela trazia à luz coisas enterradas e fazia as pessoas imaginarem o que tinha levado essas coisas a serem enterradas. Por mais constrangida que ela estivesse e sem o suporte inconsciente do longo declive que faz um mínimo movimento da pena de um Thackeray ou um Lamb encantador ao ouvido, ela tinha – comecei a pensar – dominado a primeira grande lição: ela escreveu como uma mulher, mas como uma mulher que havia esquecido que era mulher, de forma que suas páginas estavam repletas daquela qualidade relacionada ao sexo que vem somente quando o sexo não tem consciência de si mesmo.

Tudo isso era para o bem. Mas nenhuma abundância de sensação ou fineza de percepção serviria ao menos que ela pudesse se fortalecer a partir do fugaz, pessoal e duradouro palácio que permanece de pé. Eu havia dito que esperaria até que ela se encontrasse diante de 'um problema'. E eu quis dizer até que, por meio de convocação, aceno e reunião, ela provasse não ser simplesmente uma arranhadora de superfícies, mas que tivesse examinado mais abaixo nas profundezas. Agora é a hora, ela diria a si mesma em certo momento, em que sem fazer nada violento eu posso demonstrar o significado de tudo isso. E ela começaria – quão inequívoco aquele despertar era! – acenando e convocando, e ali se agitariam na memória, meio esquecida, talvez coisas bem triviais que em outros capítulos haviam sido descartadas. E ela faria a presença delas ser sentida enquanto alguém costurava ou fumava um cachimbo tão naturalmente quanto possível, e alguém sentiria, conforme ela continuasse a escrever, como se tivesse subido ao topo do mundo e o visto estendido muito majestosamente embaixo.

De qualquer forma, ela estava tentando. E enquanto eu a observava se alongando para o teste, eu vi, mas esperava que ela não tivesse visto, os bispos e os reitores, os doutores e os professores, os patriarcas e os pedagogos todos gritando avisos e conselhos. Você não pode fazer isso e você não deveria fazer aquilo! Somente alunos e professores podem pisar na grama! Moças não são aceitas sem uma carta de apresentação! Romancistas aspirantes e bonitas por aqui! Então eles a detiveram como a uma multidão no alambrado de uma pista de corrida, e era parte do teste dela tomar seu lugar no alambrado sem olhar para a direita ou para a esquerda. Se parar para xingar, você se perde, eu disse a ela; o mesmo se parar para rir. Vacile ou falhe e será o seu fim. Pense apenas no pulo, implorei a ela, como se eu tivesse colocado todo o meu dinheiro nas suas costas, e ela o examinou detalhadamente como um pássaro. Mas havia um alambrado depois daquilo e um alambrado antes daquilo. Se ela tinha a perseverança eu tinha minhas dúvidas, pois os aplausos e o choro desgastavam até os nervos. Mas ela deu o seu melhor. Considerando que Mary Carmichael não era nenhum gênio, mas uma garota desconhecida escrevendo seu primeiro romance em um quarto e sala, sem ter o suficiente daquelas coisas desejáveis, como tempo, dinheiro e ócio, ela até que não foi tão mal, pensei.

Deem a ela mais cem anos, concluí, lendo o último capítulo – os narizes das pessoas e os ombros descobertos mostravam a nudez contra um céu estrelado, pois alguém havia aberto a cortina na sala de estar – deem a ela um teto todo seu e quinhentas libras por ano, deixem-na falar o que pensa e excluir metade do que agora ela inclui, e ela escreverá um livro melhor um dia desses. Em mais cem anos ela será uma poeta, eu disse, colocando *A Aventura da Vida*, de Mary Carmichael, ao final da prateleira.

SEIS

No dia seguinte, a luz de uma manhã de outubro caía em raios empoeirados pelas janelas descortinadas, e o zumbido do tráfego que vinha da rua aumentava. Londres estava então se revigorando novamente; a fábrica estava agitada; as máquinas estavam iniciando. Era tentador, depois de toda essa leitura, olhar pela janela e ver o que Londres estava fazendo na manhã de 26 de outubro de 1928. E o que Londres estava fazendo? Pelo que parecia, ninguém estava lendo *Antônio e Cleópatra*. Londres era totalmente indiferente, aparentemente, às peças de Shakespeare. Ninguém dava a mínima – e eu não os culpo – para futuro da ficção, a morte da poesia ou o desenvolvimento por parte de uma mulher comum de um estilo de prosa que expressasse seus pensamentos por completo. Se opiniões sobre quaisquer desses assuntos tivessem sido escritas a giz na calçada, ninguém se abaixaria para lê-las. A indiferença dos pés apressados as teria apagado em meia hora. Aqui vinha um garoto de recados; ali uma mulher com um cachorro numa coleira. O fascinante sobre as ruas de Londres é que não havia duas pessoas que fossem sequer parecidas; cada uma parece estar absorta em suas questões pessoais. Havia os homens de negócios com suas pastas; havia os andarilhos batendo seus cajados nas grades da região; havia personagens afáveis para os quais as ruas serviam de clube, cumprimentando os homens nos coches e dando informações que ninguém havia pedido. Também havia funerais aos quais os homens, repentinamente lembrados da finitude de seus próprios corpos, erguiam seus chapéus. E então um cavalheiro muito distinto vinha lentamente pela entrada de uma casa e parou para evitar colidir com uma senhora apressada que tinha, de um jeito ou de outro, adquirido um casaco de pele estupendo e um buquê de violetas de Parma. Todos eles pareciam independentes, voltados a si mesmos, cuidando de suas vidas.

Nesse momento, como acontece com frequência em Londres, houve uma completa calmaria e suspensão do tráfego. Nada descia a rua; ninguém passava. Uma única folha se destacou do plátano no final da rua e, naquela pausa e suspensão, caiu. De alguma forma era como um sinal caindo, um sinal apontando para uma força nas coisas que alguém havia ignorado. Parecia apontar para um rio, cujo curso prosseguia, invisivelmente, ali na esquina, descendo a rua, e pegava as pessoas e as levava junto, como o córrego em Oxbridge havia levado o estudante em seu barco e as folhas mortas. Agora vinha de um lado da rua para o outro na diagonal uma garota em botas de couro e também um jovem em um sobretudo marrom; também vinha um táxi; e os três juntos chegaram a um ponto exatamente abaixo da janela, onde o táxi parou e a garota e o rapaz também, entraram no táxi e então o automóvel deslizou como se tivesse sido varrido por uma corrente de algum lugar.

A visão era comum o bastante. Estranha era a ordem rítmica com a qual minha imaginação a havia revestido e o fato de que uma visão comum de duas pessoas entrando em um táxi tinha o poder de comunicar algo sobre a aparente satisfação delas. A visão de duas pessoas descendo a rua e se encontrando na esquina parece livrar a mente de alguma pressão, pensei, observando o táxi virar e desaparecer. Talvez pensar, como vinha pensando nos dois últimos dias, na diferença entre os dois sexos seja um esforço. Interfere na a unidade da mente. Naquele momento o esforço havia acabado e aquela unidade havia sido restaurada ao ver duas pessoas se encontrarem e entrarem em um táxi. A mente é certamente um órgão muito misterioso, refleti, afastando minha cabeça da janela, sobre o qual não se sabe muita coisa, embora dele dependamos tão completamente. Por que eu sinto que há rompimentos e obstruções na mente, assim como há tensões de causas óbvias sobre o corpo? O que se quer dizer com "a unidade da mente"? Refleti, pois a mente claramente tem um poder tão grande de se concentrar em qualquer ponto a qualquer momento que parece não ter um único estado de existência. Ela pode se separar das pessoas nas ruas, por exemplo, e pensar em si mesma como algo à parte, em uma janela alta observando-as lá de cima. Ou ela pode pensar conjuntamente com outras pessoas de forma espontânea, como, por exemplo, em meio a uma multidão esperando para ouvir notícias que serão lidas. Ela pode se recordar por meio de seus pais e suas mães, assim como eu disse que uma mulher escrevendo se recorda das coisas por meio de suas mães. Mais uma vez, por ser mulher uma pessoa é com frequência surpreendida por uma repentina divisão da consciência, digamos ao caminhar pela Whitehall, quando de herdeira natural daquela civilização, ela se torna, ao contrário, forasteira, alheia e crítica. Claramente a mente está sempre alterando seu foco e trazendo o mundo sob diferentes perspectivas. Mas alguns desses estados da mente parecem, mesmo se adotados de maneira natural, ser menos confortáveis do que outros. A fim de se manter neles continuamente é necessário inconscientemente se agarrar a algo e pouco a pouco a repressão torna-se um esforço. Mas deve haver algum estado de espírito no qual se pode permanecer sem esforço porque não se requer se agarrar a nada. E esse, talvez, pensei, entrando pela janela, é um deles. Pois certamente quando vi o casal entrando no táxi a mente sentiu como se, depois de ser dividida, ela tivesse sido unida novamente em uma fusão natural. O motivo óbvio seria que é natural para os sexos cooperarem. Alguém tem um instinto profundo, talvez irracional, a favor da teoria de que a união entre homem e mulher cria a maior das satisfações, a mais completa felicidade. Mas a visão das duas pessoas entrando no táxi e a satisfação que me deu também me fizeram perguntar se há dois sexos na mente correspondentes aos dois sexos do corpo, e se eles também requerem serem unidos a fim de se obter completa satisfação e felicidade. E continuei amadoristicamente a esboçar um plano da alma para que em cada um de nós duas forças governem, uma masculina e uma feminina; e no cérebro do homem o homem predomina sobre a mulher, e no cérebro da mulher a mulher predomina sobre o homem. O estado de existência normal e confortável é quando os dois vivem juntos em harmonia, cooperando espiritualmente. No caso do homem, a parte feminina de seu cérebro ainda deve ter algum efeito; e uma mulher também deve se relacionar com o homem que existe nela. Talvez tenha sido o que Coleridge quis dizer quando mencionou que uma grande mente é andrógina. É quando essa fusão ocorre que a mente é totalmente fertilizada e usa todas as suas competências. Talvez uma mente que seja puramente masculina não possa criar mais do que uma mente que é puramente feminina, pensei. Mas seria bom verificar o que se quis dizer com homem feminil e, no sentido inverso, com mulher máscula, parando e analisando um ou dois livros.

Coleridge certamente não quis dizer, quando ele mencionou que uma grande mente é andrógina, que é uma mente que tem especial solidariedade com as mulheres; uma mente que assume suas causas ou se dedica à interpretação delas. Talvez a mente andrógina seja menos apta a fazer essas distinções do que a mente de um sexo só. Provavelmente ele quis dizer que a mente andrógina é ressonante e porosa, que ela transmite emoção sem impedimento, que ela é naturalmente criativa, incandescente e indivisível. Na verdade, pode-se retomar a mente de Shakespeare como o tipo de androginia, da mente máscula-feminil, embora fosse impossível dizer o que Shakespeare pensava sobre as mulheres. E, se for verdade que isso é um dos símbolos da mente completamente desenvolvida não pensar de forma especial e separado quanto ao sexo, muito mais difícil é atingir aquela condição agora do que fora antes. Agora cheguei aos livros escritos por autores vivos, e ali parei e imaginei se esse fato não estava na raiz de algo que há tempos me intrigava. Nenhuma geração pode ter sido tão vivamente consciente do sexo quanto a nossa; aqueles inúmeros livros no Museu Britânico sobre mulheres escritos por homens são a prova disso. A campanha pelo sufrágio sem dúvida tinha culpa nisso. Deve ter despertado nos homens um desejo extraordinário por autoafirmação; deve tê-los feito depositar certa importância sobre seu próprio sexo e suas características sobre as quais eles não teriam se dado o trabalho de pensar se não tivessem sido desafiados. E quando alguém é desafiado, mesmo que por um punhado de mulheres em boinas pretas, a pessoa reage com retaliação extrema, se nunca havia sido desafiada antes. Isso talvez responda por algumas das características que me lembrei ter encontrado aqui, pensei, tirando da estante um novo romance do senhor A, que está no auge da vida e aparentemente foi muito bem avaliado pelos críticos.

Abri-o. Na verdade, foi agradável ler a escrita de um homem novamente. Soava tão direta, tão objetiva, após a escrita de uma mulher. Indicava tanta liberdade de espírito, tanta liberdade da pessoa, tanta confiança nele mesmo. Tem-se uma sensação de bem-estar na presença dessa mente bem nutrida, bem educada e livre, que nunca fora contrariada ou rejeitada, mas tivera total liberdade desde o nascimento para se expandir em qualquer direção que quisesse. Tudo isso era admirável. Mas depois de ler um ou dois capítulos uma sombra parecia pairar sobre a página. Era uma barra reta e escura, uma sombra no formato da letra "I".[22] Alguém começava a se esquivar aqui e ali para captar uma vista melhor da paisagem por trás. Se era de fato uma árvore ou uma mulher caminhando eu não tinha muita certeza. Para trás, a pessoa sempre topava com a letra "I". A pessoa se cansava do "I". Não que esse "I" seja o mais respeitável, honesto e lógico, duro como uma noz, e polido durante séculos por boa educação e boa alimentação. Eu respeito e admiro aquele "I" do fundo do meu coração. Mas – aqui virei uma ou duas páginas, procurando por uma coisa ou outra – o pior disso é que na sombra da letra "I" tudo é sem forma assim como a névoa. Aquilo é uma árvore? Não, é uma mulher. Mas...ela não tem um osso em seu corpo, pensei, observando Phoebe, pois aquele era seu nome, vindo pela praia. Então Alan se levantou e a sombra de Alan ocultou Phoebe de uma vez. Pois Alan tinha opiniões e Phoebe era saciada pelo transbordamento das opiniões dele. E então Alan, pensei, tem paixões, e aqui virei uma página após a outra muito rápido, sentindo que a crise estava se aproximando, e estava. Aconteceu na praia sob o sol. Aconteceu muito abertamente. Aconteceu muito vigorosamente. Nada podia ter sido mais indecente. Mas...eu havia dito "mas"

22 A autora brinca com o pronome pessoal "I" em inglês, que significa "eu". (N. da T.)

muitas vezes. Não se pode ir dizendo "mas". Deve-se terminar a frase de alguma forma, eu me repreendi. Irei terminá-la, "Mas – estou entediada!", mas porque eu estava entediada? Parcialmente devido à dominação da letra "I" e da aridez que, como a gigante faia, se esconde em sua sombra. Nada crescerá lá. E parcialmente devido a uma razão mais obscura. Parecia haver algum obstáculo, algum impedimento na mente do senhor A que bloqueada a fonte da energia criativa e a escorava dentro de limites estreitos. E me lembrando do almoço em Oxbridge, e da cinza de cigarro e do gato manês e de Tennyson e Christina Rossetti tudo de uma vez, pareceu possível que aquele impedimento estivesse lá.

Já que ele não mais canta baixinho "Caiu uma lágrima esplêndida da passiflora ao portão", quando Phoebe atravessa a praia, e ela não mais responde "Meu coração é como um pássaro que canta, numa calha alagada fica seu ninho", quando Alan se aproxima o que ele pode fazer? Sendo honesta como o dia e lógica como o sol, há apenas uma coisa que ele pode fazer. E essa ele faz, para ser justa, repetidamente (eu disse isso virando as páginas). E isso, acrescentei, consciente da natureza terrível da confissão, parece de alguma forma enfadonho. Mas a indecência de Shakespeare extermina mil outras coisas na cabeça de uma pessoa e está longe de ser enfadonha. Mas Shakespeare faz isso por prazer; o senhor A, como as enfermeiras dizem, faz isso de propósito. Ele faz isso em protesto. Ele está protestando contra a igualdade do outro sexo ao afirmar sua própria superioridade. Ele fica, portanto, impedido e inibido e inseguro como Shakespeare pode ter ficado se ele também tivesse conhecido a senhorita Clough e a senhoria Davies. Sem dúvida a literatura elisabetana teria sido muito diferente do que ela foi se o movimento das mulheres tivesse começado no século XVI e não no XIX.

Então, o que acrescenta se essa teoria sobre os dois lados

da mente for válida é que a virilidade agora se tornou insegura – os homens, digamos, estão agora escrevendo apenas com o lado masculino do cérebro. É um erro para uma mulher lê-los, já que ela inevitavelmente irá procurar por algo que não irá encontrar. É o poder da sugestão que mais se perde, pensei, pegando o crítico senhor B nas minhas mãos e lendo, muito cuidadosa e devidamente, suas observações sobre a arte da poesia. Elas foram muito competentes, profundas e cheias de ensinamento, mas o problema era que os sentimentos dele já não comunicavam mais; sua mente parecia dividida em diferentes câmaras; nenhum som passava de uma para a outra. Assim, quando alguém leva uma frase do senhor B para dentro da mente ela se estatela no chão – morta; mas quando alguém leva uma frase de Coleridge para dentro da mente, ela explode e dá origem a todo tipo de ideia, e esse é o único tipo de escrita que se pode dizer que possui o segredo da vida eterna.

Mas qualquer que seja o motivo, fato é que se deve lamentar. Pois significa – aqui eu havia chegado a fileiras de livros escritos pelo senhor Galsworthy e pelo senhor Kipling – que algumas das melhores obras dos nossos maiores escritores ainda vivos recaem sobre ouvidos moucos. Faça o que fizer, uma mulher não consegue encontrar neles aquela fonte de vida eterna que os críticos lhe asseguram estar lá. Não é que eles apenas celebrem virtudes masculinas, imponham valores masculinos e descrevam o mundo dos homens; é que a emoção que permeia esses livros é incompreensível para uma mulher. Está vindo, está se juntando, está prestes a explodir na cabeça de alguém, alguém começa a dizer bem antes do fim. Aquele quadro irá cair sobre a cabeça do velho Jolyon; ele irá morrer com a pancada; o velho escrevente irá dizer duas ou três palavras em seu obituário; e todos os cisnes no Tâmisa explodirão em um canto simultaneamente. Mas alguém irá fugir antes que isso tudo aconteça e se esconder nos pés de groselha, pois a emoção que é tão profunda, tão sutil, tão simbólica para um homem faz a mulher se maravilhar. Então com os agentes do senhor Kipling que dão as Costas; e os Semeadores que jogam as Sementes; e seus Homens que estão sozinhos com seu Trabalho; e a Bandeira – todas essas letras maiúsculas fazem corar como se a pessoa fosse pega espionando em alguma orgia puramente masculina. O fato é que nem o senhor Galsworthy nem o senhor Kipling tem qualquer faísca feminina neles. Dessa forma, todas as qualidades deles parecem a uma mulher, generalizando, cruas e imaturas. Lhes falta poder provocador. E quando falta poder provocador a um livro, por mais duro que ele atinja a superfície da mente ele não pode penetrá-la.

E nesse clima inquieto em que alguém tira livros da prateleira e os põe de volta sem nem olhar para eles eu comecei a visualizar por vir uma geração de virilidade pura e auto-afirmativa, tais como as cartas de professores (tome as cartas de Sir Walter Raleigh, por exemplo) parecem pressagiar, e os governantes da Itália já trouxeram à vida. Pois não se pode falhar em ficar impressionado em Roma pelo senso de masculinidade mitigada; e qualquer que seja o valor da masculinidade mitigada sobre o estado, deve-se questionar o efeito que ela tem sobre a arte da poesia. De qualquer forma, segundo os jornais, há certa inquietação sobre a ficção na Itália. Houve um encontro de acadêmicos cujo objetivo era "desenvolver o romance italiano". "Homens famosos pelo nascimento, ou nas finanças ou na indústria ou em corporações fascistas" reuniram-se outro dia e discutiram a questão, e um telegrama foi enviado ao Duce[23] expressando a esperança

23 Palavra em italiano que significa "líder"; forma com a qual era chamado o ditador fascista Benito Mussolini (1883-1945). (N. da T.)

"de que a era fascista em breve dê origem a um poeta que lhe faça jus". Podemos todos nos juntar naquela esperança devota, mas é de se duvidar que a poesia possa vir de uma incubadora. A poesia deve ter uma mãe assim como um pai. O poema fascista, alguns receiam, será um pequeno e horrível aborto tal qual aquele que se vê em jarras de vidro em algum museu municipal. Monstros assim nunca vivem muito, dizem; ninguém nunca viu um prodígio daquele tipo aparando a grama em um campo. Duas cabeças em um corpo não prolongam a vida.

Entretanto, a culpa por tudo isso, se estiverem ansiosas para definir a culpa, não recai mais sobre um sexo do que sobre o outro. Todos os sedutores e reformadores são responsáveis: Lady Bessbourough quando mentiu para Lorde Granville; a senhorita Davies quando disse a verdade para o senhor Greg. Todos que suscitaram um estado de consciência do sexo são culpados, e são eles que me motivam, quando quero expandir minhas competências com um livro, a buscá-la naquela feliz geração, antes de a senhorita Davies e a senhorita Clough terem nascido, quando o escritor usava ambos os lados do seu cérebro de maneira igualitária. Pode-se retomar Shakespeare então, pois Shakespeare era andrógino; e também o eram Keats e Sterne e Cowper e Lamb e Coleridge. Shelley talvez fosse assexual. Milton e Ben Johnson tinham um traço do masculino muito forte neles. Assim como o tinha Wordsworth e Tolstói. No nosso tempo Proust era completamente andrógino, para não dizer muito mais propenso para o lado feminino. Mas aquela culpa é rara demais para se reclamar dela, já que sem alguma mistura do tipo o intelecto parece predominar e as outras competências da mente se endurecem e se tornam improdutivas. Todavia, me consolo com o pensamento de que essa talvez seja uma fase passageira. Muito do que eu disse em obediência à minha promessa de dar-lhes o curso das minhas ideias parecerá desatualizado; muito do que brilha em meus olhos parecerá dúbio a vocês que ainda não chegaram à idade adulta.

Ainda assim, a primeiríssima frase que eu escreveria aqui, eu disse, chegando até a escrivaninha e pegando a página intitulada "Mulheres e Ficção", seria que é fatal para qualquer um que escreva pensar em seu sexo. É fatal ser um homem ou uma mulher pura e simplesmente; deve-se ser mulher-máscula ou homem-feminil. É fatal para qualquer mulher depositar a menor tensão sobre qualquer mágoa; defender qualquer causa mesmo justamente; de qualquer forma falar conscientemente como uma mulher. E fatal não é nenhuma figura de linguagem, pois qualquer coisa com esse viés consciente estará fadada à morte. Deixa de ser fertilizada. Brilhante e profícua, poderosa e magistral, como pode parecer por um ou dois dias, acaba murchando com o cair da noite; não consegue crescer na mente de outros. Alguma parceria tem que ocorrer na mente entre a mulher e o homem antes que a arte da criação possa ser concluída. Um matrimônio entre opostos tem que ser consumado. A totalidade da mente deve permanecer escancarada se quiserem compreender que o escritor está comunicando sua experiência em perfeita plenitude. Deve haver liberdade e deve haver paz. Nenhuma roda deve ranger; nenhuma luz deve tremeluzir. As cortinas devem estar fechadas. O escritor, pensei, assim que sua experiência tiver acabado, deve se deitar e deixar sua mente celebrar suas núpcias no escuro. Ele não deve ver ou questionar o que está sendo feito. Ao invés disso, ele deve arrancar as pétalas de uma rosa ou observar os cisnes flutuarem calmamente rio abaixo. E novamente eu vi a corrente que levava o barco e o estudante de graduação e as folhas mortas; e o táxi levou o homem e a mulher, pensei ao vê-los se encontrar na rua, e a corrente os levou embora, pensei ouvindo ao longe o barulho do trânsito de Londres, para dentro daquele imenso córrego.

Então, aqui Mary Beton para de falar. Ela lhes contou como chegou à conclusão – à prosaica conclusão – de que é necessário ter quinhentas libras por ano e um quarto com uma fechadura na porta se você for escrever ficção ou poesia. Ela tentou expor os pensamentos e impressões que a levaram a pensar isso. Ela lhes pediu que a seguissem caindo nas garras do bedel, almoçando aqui, jantando ali, fazendo desenhos no Museu Britânico, pegando livros de prateleiras, olhando pela janela. Enquanto ela fazia todas essas coisas, sem dúvida vocês estavam observando suas falhas e pontos fracos e decidindo que influência eles exerceram sobre as opiniões dela. Vocês a estiveram contestando e fazendo todo tipo de complementos e deduções que pareceram bons para vocês. É assim que deveria ser, pois em uma situação como essa a verdade só pode ser obtida colocando lado a lado muitas variedades de erros. Agora concluirei como eu mesma antecipando duas críticas, tão óbvias que é impossível que vocês não as façam.

Nenhuma opinião foi expressa, vocês podem dizer, sobre os méritos comparativos dos sexos como escritores mesmo. Isso foi feito propositalmente, porque, mesmo se fosse a hora de tal apreciação – e é muito mais importante no momento saber quanto dinheiro as mulheres tinham e quantos quartos do que teorizar sobre suas capacidades – mesmo que fosse a hora eu não acredito que dons, sejam da mente ou de caráter, possam ser pesados como açúcar e manteiga, nem mesmo em Cambridge, onde eles são tão adeptos em classificar as pessoas e fixar nelas rótulos e letras após seus nomes. Não acredito que mesmo a Tabela de Precedência que vocês podem encontrar no Almanaque de Whitaker[24] represente uma ordem final de valores ou que haja qualquer motivo consistente para supor que um Comandante do Banho[25] irá em última análise jantar com um Mestre em Insanidade.[26] Toda essa oposição de sexo contra sexo, de qualidade contra qualidade, toda essa declaração de superioridade e imputação de inferioridade pertencem ao estágio escola privada da existência humana onde há "lados", e se faz necessário para um lado atacar o outro, e é da maior importância caminhar até uma plataforma e receber das mãos do diretor um taça extremamente decorativa. Conforme as pessoas amadurecem elas param de acreditar em lados ou em diretores ou em taças extremamente decorativas. De qualquer forma, no que se refere a livros, é notoriamente difícil colocar rótulos de mérito de forma que eles não se soltem. Não são as críticas de literatura atual uma ilustração permanente da dificuldade de julgamento? "Este grande livro", "este livro inútil", o mesmo livro é chamado das duas coisas. Elogio e reprovação juntos não significam nada. Não, por mais agradável que o passatempo de julgar possa ser, é a mais fútil das ocupações, e sujeitar-se à sentença dos julgadores é a mais servil das atitudes. Contanto que você escreva o que tem que escrever, é tudo o que importa; e se irá carregar importância durante anos ou apenas durante algumas horas, ninguém sabe. Mas sacrificar um fio de cabelo da sua opinião, uma nuance do seu colorido, em respeito a algum diretor com uma taça de prata em suas mãos ou a algum professor com uma régua de medição escondida em sua manga, é a mais abjeta traição, e a perda da riqueza e da castidade que

24 Livro de referência publicado anualmente no Reino Unido. A Tabela de Precedência dita como as pessoas das várias camadas da sociedade devem se comportar em público. (N. da T.)

25 A Ordem do Banho é uma ordem de cavalaria britânica. (N. da T.)

26 *Master of Lunacy*, em inglês, é um oficial que dirige comissões e conduz inquéritos envolvendo pessoas com problemas mentais. (N. da T.)

era considerada o maior dos desastres humanos vira uma mera picada de mosca em comparação.

Em seguida, eu penso que vocês podem contestar que eu depositei em tudo isso muita ênfase relacionada a coisas materiais. Mesmo permitindo uma margem generosa de simbolismo, que quinhentas libras por ano representa o poder de contemplar, que uma fechadura na porta significa o poder de pensar por si mesma, ainda assim vocês podem dizer que a mente deve se sobressair a essas coisas, e que os grandes poetas sempre foram homens pobres. Deixem-me, então, citar para vocês as palavras de seu próprio professor de literatura, que sabe melhor do que eu como se faz um poeta. Sir Arthur Quiller-Couch escreve:[27]

> ***"Quais são os grandes nomes de poetas dos últimos cem anos? Coleridge, Wordsworth, Byron, Shelley, Landor, Keats, Tennyson, Arnold, Morris, Rossetti, Swinburne – podemos parar aqui. Todos esses, todos com exceção de Keats, Browning e Rossetti, eram homens da universidade, e desses três, Keats, que morreu jovem, ceifado no auge da vida, era o único desprovido de posses. Pode parecer cruel dizer, e é uma coisa triste de dizer, mas, na mais dura verdade, a teoria de que a genialidade poética sopra onde ela quer,[28] e igualmente entre os ricos e os pobres, carrega pouca verdade. Na mais dura verdade, nove daqueles doze eram homens da universidade, o que significa que de uma forma***

27 *The Art of Writing*, Sir Arthur Quiller-Couch. (N. da A.)

28 Referência ao Novo Testamento, João 3:8, onde se lê "O vento sopra onde quer. Você o escuta, mas não pode dizer de onde vem nem para onde vai". (N. da T.)

> *ou de outra eles obtêm a melhor educação que a Inglaterra pode proporcionar. Na mais dura verdade, dos três restantes vocês sabem que Browing tinha posses, e eu aposto que, se ele não tivesse, ele não teria conseguido escrever 'Saul' ou 'The Ring and the Book' mais do que Ruskin teria conseguido escrever 'Modern Painters' se seu pai não tivesse prosperado nos negócios. Rossetti tinha uma pequena renda particular, e, além do mais, ele pintava. Então sobra Keats, que Átropos[29] matou cedo, assim com ela matou John Clare em um hospício e James Thomson por meio do láudano que ele tomou para medicar o desengano. Esses são fatos horríveis, mas encaremo-los. É certeza – por mais desonroso que seja para nós como nação – que por alguma falha da nossa comunidade, o poeta pobre não tem hoje em dia, e não teve nos últimos duzentos anos, a mínima chance. Creiam-me – e eu passei uma grande parte de dez anos observando cerca de trezentas e vinte escolas primárias, podemos tagarelar sobre democracia, mas na verdade, uma criança pobre na Inglaterra tem pouco mais esperança do que tinha um escravo ateniense de ser emancipado dentro daquela liberdade intelectual da qual nascem muitos nobres escritos."*

Ninguém poderia ter explicado de forma mais clara. "O poeta pobre não tem hoje em dia, e não teve nos últimos duzentos anos, a mínima chance... uma criança pobre na Inglaterra

29 Na mitologia grega, era uma das três moiras que regiam o destino, cabendo a ela cortar o fio da vida. (N. da T.)

tem pouco mais esperança do que tinha um escravo ateniense de ser emancipado dentro daquela liberdade intelectual da qual nascem muitos nobres escritos." É isso. Liberdade intelectual depende de coisas materiais. Poesia depende de liberdade intelectual. E mulheres sempre foram pobres, não simplesmente nos últimos duzentos anos, mas desde o início dos tempos. As mulheres tiveram menos liberdade intelectual do que os filhos de escravos atenienses. As mulheres, então, não tiveram a mínima chance de escrever poesia. É por isso que coloquei tanta ênfase no dinheiro e em um teto todo seu. Entretanto, graças ao trabalho daquelas mulheres obscuras no passado, de quem eu desejaria que soubéssemos mais, graças, por mais curioso que possa parecer, a duas guerras, a da Crimeia, que fez com que Florence Nightingale saísse de sua sala de visitas, e a Guerra Europeia,[30] que abriu as portas para a mulher comum uns sessenta anos depois, esses males estão em vias de serem corrigidos. Senão vocês não estariam aqui esta noite, e suas chances de ganhar quinhentas libras por ano, precárias tais como eu receio que ainda sejam, seriam reduzidas ao extremo.

Além disso, vocês podem contestar, por que você coloca tanta importância na escrita de livros por mulheres quando, de acordo com você mesma, isso requer tanto esforço, leva talvez ao assassinato das tias de uma, fará outra certamente se atrasar para o almoço e pode fazer uma outra ter sérias discussões com cavalheiros muito dignos? Meus motivos, devo admitir, são parcialmente egoístas. Como a maioria das mulheres inglesas

30 A autora se refere à Primeira Guerra Mundial, termo que só se tornou corrente a partir de 1939, com a eclosão da Segunda Guerra Mundial. Mas ainda durante a Primeira Guerra era comum se referirem a ela como Guerra Mundial ou Grande Guerra depois de ter tomado proporções que ultrapassavam os limites do território europeu. (N. da T.)

sem acesso à educação, eu gosto de ler – eu gosto de ler livros aos montes. Ultimamente minha dieta é um pouco monótona: a história fala muito sobre guerras; a biografia trata muito de homens nobres; a poesia mostrou, acho, uma tendência à esterilidade; e a ficção...mas eu já expus suficientemente minha inaptidão como crítica de ficção moderna e não direi mais nada sobre isso. Portanto, eu lhes pediria que escrevessem todos os tipos de livros, sem hesitar quanto a qualquer assunto, não importa quão triais ou vastos eles sejam. Custe o que custar, eu espero que vocês possuam dinheiro suficiente para viajar e aproveitar o ócio, para contemplar o futuro ou o passado do mundo, para sonhar ao ler livros e perambular pelas ruas e deixar a linha de pensamento penetrar fundo no fluxo. Pois não estou de forma alguma as restringindo à ficção. Se fosse para me agradar – e há milhares como eu – vocês escreveriam livros de viagens e aventuras, de pesquisa e cultura, de história e biografia, de crítica, filosofia e ciência. Fazendo isso, vocês certamente se beneficiariam da arte da ficção. Pois os livros têm uma forma de influenciar uns aos outros. A ficção estará muito melhor se andar lado a lado com a poesia e a filosofia. Além do mais, se vocês considerarem qualquer figura nobre do passado, como Safo, como Lady Murasaki, como Emily Brontë, vocês descobrirão que ela é tanto uma herdeira quanto uma criadora, e chegou à existência porque as mulheres acabaram desenvolvendo o hábito de escrever naturalmente; de forma que mesmo como um prelúdio da poesia tal atividade da parte de vocês seria inestimável.

Mas quando eu olho para trás para essas notas e critico minha própria linha de pensamento como as criei, eu descubro que meus motivos não eram completamente egoístas. Nesses comentários e digressões corre a convicção – ou seria o instinto? – de que bons livros são desejáveis e de que bons escritores, mesmo que eles mostrem cada variedade de perversidade humana, ainda são bons seres humanos. Assim, quando peço que vocês escrevam mais livros as estou incitando a fazer o que será para o seu bem e para o bem do mundo em geral. Como justificar esse instinto ou crença eu não sei, pois palavras filosóficas, se não se estudou em universidade, podem parecer falsas. O que significa "realidade"? Poderia parecer algo muito vago, não-confiável – para ser encontrada ora em uma estrada poeirenta, ora em um pedaço de jornal jogado na rua, ora em um narciso ao sol. Ela ilumina um grupo em uma sala e marca algum ditado casual. Ela deslumbra alguém caminhando para casa sob as estrelas e torna o mundo silencioso mais real do que o mundo das palavras – e então lá ela está novamente em um ônibus no alvoroço de Picadilly. Às vezes, também, ela parece habitar formas distantes demais de nós para que possamos discernir qual sua natureza. Mas o que quer que ela toque, ela corrige e torna permanente. Isso é o que sobra quando o revestimento do dia é lançado na sebe; isso é o que sobra de tempos passados e de nossos amores e ódios. Agora o escritor, da forma que eu penso, tem a chance de viver mais do que outras pessoas na presença da realidade. É trabalho dele encontrá-la e recolhê-la e comunicá-la a nós. Pelo menos é o que eu deduzo ao ler *Lear* ou *Emma* ou *La Recherche du Temps Perdu.*[31] Pois a leitura desses livros parece realizar uma curiosa operação de repouso nos sentidos; é possível ver mais intensamente após lê-los; o mundo parece livre de suas coberturas e dotado de uma vida mais intensa. Aquelas são as pessoas invejáveis que vivem em inimizade com a irrealidade; e aquelas são as pessoas lamentáveis que são nocauteadas na cabeça pela coisa sem saber

31 *À la Recherche du Temps Perdu* é o título original em francês de *Em Busca do Tempo Perdido*, romance do escritor francês Marcel Proust (1871-1922) que foi publicado em sete partes entre 1913 e 1927.

ou se preocupar. Portanto, quando eu peço a vocês para ganharem dinheiro e terem um teto todo seu, estou pedindo que vivam na presença da realidade, uma vida revigorante, iria parecer, possam vocês manifestá-la ou não.

Eu poderia parar aqui, mas a pressão da convenção decreta que todo discurso deva terminar com uma peroração. E uma peroração dirigida a mulheres deveria conter algo, vocês hão de concordar, particularmente exaltador e enobrecedor. Devo implorar a vocês que se lembrem de suas responsabilidades, que sejam elevadas, mais espirituais; devo relembrá-las do quanto isso depende de vocês e de qual influência vocês podem exercer sobre o futuro. Mas aquelas advertências podem seguramente, acredito, serem deixadas para o outro sexo, que as farão, e de fato as fizeram, com eloquência muito maior do que eu posso alcançar. Quando inspeciono minha própria mente eu não encontro sentimentos nobres sobre ser companheira, justa e influenciar o mundo na direção de objetivos mais elevados. Me pego dizendo suscinta e prosaicamente que é muito mais importante ser você mesma do que qualquer outra coisa. Não sonhem em influenciar outras pessoas, eu diria, se eu soubesse como fazer isso soar elevado. Pensem nas coisas por elas mesmas.

E novamente sou lembrada mergulhando nos jornais e romances e biografias que quando uma mulher fala para outras mulheres ela poderia estar guardando na manga algo muito desagradável. As mulheres são duras com as mulheres. Mulheres não gostam de mulheres. As mulheres – vocês não estão cheias dessa palavra? Posso garantir que eu estou. Concordemos, então, que um jornal lido por uma mulher para outras mulheres poderia terminar com algo particularmente desagradável.

Mas como seria? No que posso pensar? A verdade é que eu

sempre gostei das mulheres. Gosto do fato de serem pouco convencionais. Gosto da plenitude delas. Gosto do anonimato delas. Gosto – mas eu não deveria continuar desse jeito. Aquele armário ali... vocês disseram que ele só contém guardanapos limpos, mas e se Sir Archibald Bodkin estivesse escondido no meio deles? Deixem-me então adotar um tom mais austero. Nas minhas palavras anteriores, eu transmiti suficientemente os avisos e reprovações da humanidade? Contei a vocês sobre a opinião muito baixa que tem sobre vocês o senhor Oscar Browning. Apontei o que Napoleão uma vez pensou sobre vocês e o que Mussolini pensa agora. Então, caso alguma de vocês aspire a escrever ficção, eu passei a limpo para o bem de vocês o conselho do crítico sobre corajosamente reconhecer as limitações do seu sexo. Me referi ao professor X e dei destaque à declaração dele de que mulheres são intelectualmente, moralmente e fisicamente inferiores aos homens. Entreguei tudo que passou por mim sem eu ter ido procurar, e aqui está uma advertência final – do senhor John Langdon Davies.[32] O senhor John Langdon Davies adverte as mulheres de que "quando as crianças param completamente de serem desejadas, as mulheres param completamente de serem necessárias". Espero que tomem nota disso. Como posso encorajá-las a prosseguirem no ofício da vida? Jovens mulheres, eu diria, e por favor acompanhem, pois a peroração está começando, vocês são, na minha opinião, lamentavelmente ignorantes. Vocês nunca fizeram uma descoberta de qualquer importância. Vocês nunca abalaram um império ou conduziram um exército para a batalha. As peças de Shakespeare não são sobre vocês e vocês nunca apresentaram uma raça bárbara às bençãos da civilização. Qual é a sua desculpa? É muito bom para vocês dizerem, apontando para as ruas e praças

32 *A Short History of Women*, de John Langdon Davies. (N. da A.)

e florestas do globo infestadas de habitantes negros, brancos e cor de café, muito envolvidas em tráfego e empreendimentos e em fazer amor, nós temos outro trabalho nas nossas mãos. Sem nossos feitos, esses mares não seriam navegados e aquelas terras férteis seriam um deserto. Demos à luz e criamos e banhamos e ensinamos, talvez até os seis ou sete anos, um bilhão e seiscentos e vinte e três milhões de seres humanos que, de acordo com as estatísticas, existem hoje, e isso, mesmo considerando que algumas de nós tivemos ajuda, toma tempo.

Há verdade no que vocês dizem – não negarei. Mas ao mesmo tempo devo lembrá-las que há pelo menos duas faculdades para mulheres em atividade na Inglaterra desde 1866; que depois de 1880 uma mulher casada tinha permissão da lei para ser dona de sua própria propriedade; e que em 1919, que foi nove anos atrás, foi dado a ela o voto? Devo também lembrá-las que a maioria das profissões estão abertas para vocês há dez anos? Quando vocês refletem sobre esses imensos privilégios e o tempo pelo qual eles vêm sendo desfrutados, e o fato de que deve haver nesse momento cerca de duas mil mulheres capazes de ganhar mais do que quinhentas libras por ano de uma forma ou de outra, vocês concordarão que a desculpa de falta de oportunidade, treinamento, incentivo, lazer e dinheiro não se sustenta mais. Além do mais, os economistas estão nos dizendo que a senhora Seton tive muitos filhos. Vocês devem, claro, continuar tendo filhos, mas, como eles dizem, dois ou três, não dez ou doze.

Assim, com algum tempo à mão e com o ensinamento de algum livro na cabeça – vocês já tiveram o bastante da do outro tipo, e parcialmente frequentaram a faculdade, suspeito, para desaprenderem – certamente deveriam embarcar em um outro estágio de suas carreiras muito longas, muito trabalhosas e altamente obscuras. Mil penas estão prontas a sugerir o que vocês deveriam fazer e quais efeitos terão. Minha sugestão particular é um pouco fabulosa, admito. Prefiro, portanto, apresentá-la em forma de ficção.

Eu contei a vocês no percurso desse ensaio que Shakespeare teve uma irmã, mas não procurem por ela na vida de poeta de Sir Sidney Lee. Ela morreu jovem – coitada, nunca escreveu uma palavra. Está enterrada onde hoje os ônibus fazem parada, do outro lado de Elephant and Castle. Agora eu acredito que essa poeta que nunca escreveu uma palavra e foi enterrada no cruzamento ainda vive. Ela vive em vocês e em mim, e em muitas outras mulheres que não estão aqui essa noite, pois elas estão lavando os pratos e colocando as crianças para dormir. Mas ela vive, pois grandes poetas nunca morrem. Elas prolongam sua presença, elas precisam apenas da oportunidade de caminhar entre nós na pele. Essa oportunidade, como eu vejo, está agora em nosso poder lhe conceder. Pois eu acredito que se nós vivermos cerca de mais um século – e eu estou falando da vida comum que é a vida real e não das pequenas vidas separadas que vivemos como indivíduos – e tivermos quinhentas libras por ano cada uma de nós e um teto todo nosso; se tivermos o hábito da liberdade e a coragem de escrever exatamente o que pensamos; se escaparmos um pouco da sala de estar comunitária e virmos os seres humanos nem sempre em sua relação uns com os outros mas em relação à realidade; e o céu, também, e as árvores ou o que quer que haja nelas; se olharmos o espectro de Milton, pois nenhum ser humano deveria impedir a vista; se encararmos o fato, pois é um fato, de que não há nenhum braço em que se apoiar, mas que ao contrário caminhamos sozinhas e que nossa relação é com o mundo da realidade e não apenas com o mundo de homens e mulheres, então a oportunidade virá e a poeta morta que era irmã de Shakespeare dará vida ao corpo que com frequência ela sacrificou. Extraindo sua vida das vidas das desconhecidas que foram as precursoras dela, como o irmão dela havia feito antes, ela nascerá. Quanto a ela vir sem aquela organização, sem aquele esforço de nossa parte, sem aquela determinação para que quando ela nascer de novo ela ache possível viver e escrever poesia, isso não podemos esperar, pois seria impossível. Mas eu defendo que ela viria se trabalhássemos por ela, e que trabalhar assim, mesmo na pobreza e na obscuridade, vale a pena.

Impressão e Acabamento
Gráfica Oceano